선우 명수필선 33

육교 부근

선우명수필선·33

육교 부근

1판 1쇄 발행 | 2013년 1월 20일

지은이 | 정호경
발행인 | 이선우
펴낸곳 | 도서출판 선우미디어

등록 | 1997. 8. 7 제300-1997-148호
110-070 서울 종로구 내수동 75 용비어천가 1435호
전화 2272-3351, 3352 팩스: 2272-5540
sunwoome@hanmail.net

Printed in Korea ⓒ 2013. 정호경
값 5,000원

※ 잘못된 책은 바꿔 드립니다.
※ 저자와의 협의하에 인지 생략합니다.

ISBN 978-89-5658-337-2
ISBN 89-87771-09-1(세트)

선우 명 수필선 33

육교 부근

정호경 수필선

선우미디어

머리말

'선집'이라면 이미 출간한 수필집도 몇 권 있어야 하고, 그 속에 군데군데 좋은 글도 보여야 하는데, 나는 그렇지 못하고 보니 번번이 망설여진다. ≪오늘같이 즐거운 날≫과 ≪낭패기≫, 두 권의 선집이 이미 나왔으니 하는 말이다. 그건 그렇고 이번 선집은 이미 출간한 네 권의 수필집에서 고른 것들이다.

나는 수필동인들을 만나면 남녀를 막론하고 내가 먼저 손을 내밀어 악수를 청한다. 손바닥의 감촉이 부드럽건 거칠건 간에 손을 잡아야 나중에 그 사람과 만난 기억이 남기 때문이다. 만나서 포옹하는 서로의 인사는 서양 사람들만의 예법인 줄 알았는데, 이제는 우리나라 사람들에게서도 흔히 보는 정경이다. '이제'가 아니라 이는 원래 우리나라 사람들의 정겨운 모습이 아니던가. 나는 이런 정이 그리워서 쓴 글이 많다.

이번 선집에서는 이미 나온 선집의 글과는 되도록 중복을 피하도록 했다. 지하철이나 버스 속에서 읽기 쉬운 글을 주로 골랐으며, 변비로 고생하시는 분을 위해 화장실에 앉아 읽기 편한 글도 골라 실었으니 참고하시기 바란다. 수필 쓰기가 나에게는 평생의 농사다. 올해도 좋은 수확이 있었으면 좋겠다.

2013년 1월

정호경

3부 길 잃은 요트

1부

피아골의 단풍

피아골의 단풍

연곡사가 있는 구례 피아골의 단풍을 한참 바라보다가 나는 가슴에 열이 나서 그만 집으로 돌아와 버린 적이 있었다.

몇 년 전의 일이다. 서울 갔다 오는 길에 국도 연변에 보이는 시골 농가의 마당가에 가을이 주황색으로 익어 조랑조랑 매달려 있는 감나무들의 그림이 한국의 태고 풍경을 보여 주는 듯해 차에서 내려 잠깐 쉬었다가 줄곧 내려오는데 남원을 지나자 지리산 뱀사골로 들어가는 도로 표지판이 눈에 띄었다. 그래서 나는 차를 세워 길 가는 촌로에게 뱀사골의 단풍을 물었다.

"여기는 철이 지났으니 저 아래 피아골로 가보시오."

"얼마나 거리 차이가 난다고 그러세요?"

"가을 햇살은 하루가 다르고, 한 발 차이가 어딘디 그라요?"

"그래도 그렇지요."

"지금은 구례 저 아래쪽이나 화개 쌍계사쯤 내려갔을 것인디…."

나는 촌로의 하얗게 센 머리칼을 보면서 갯바람에 바스락거리는 갈대 소리를 들으며 국도의 구례 나들목에서 빠져 하동 길로 바삐 접어들었다. 피아골은 한 번도 가본 적이 없어 계속 하동 쪽의 국도로 달리다 보니 화개 조금 못 미쳐서 연곡사 표지판이 보여 화살표가 가리키는 대로 산속으로 난 길로 들어섰다. 잠깐인 줄 알았더니 한참을 올라갔다.

피아골로 오르는 길 양쪽 등성이를 빨강 아니면 노랑의 진한 색깔로 물들여 놓아 나는 지금 극락 아니면 지옥으로 가는 꽃상여를 구경하고 있는 것이 아닌가 싶을 정도로 황홀했다. 눈이 시리고 아려서 나는 잠깐 멈춰 서서 눈을 감고 열을 식혀야 했으니 무슨 수식어가 필요했겠는가.

그 이듬해인가 확실한 기억은 없지만, 이곳 친구들 대여섯 명과 함께 피아골을 찾았다. 그때도 늦은 가을이었던 듯싶다. 나를 제외한 그들은 이곳 초등학교 친구들이었으니 나는 그날 재수 좋게 끼어든 곁다리였다. 피아골에는 많은 구경꾼들이 찾아와 있었다. 연곡사 앞 계곡 언덕에서 내려다보는 시냇물은 진한 단풍 색깔을 머금고 소나기 소리를 내며 흐르고 있었다.

"내가 이 골짝에서 1년 넘게 숨어서 반란군의 몸으로 싸우던 때가 엊그제 같은데 벌써 이렇게 세월이 흘렀네. 저 단풍 색깔을 보니 그때가 생각나서 눈물 나네."

김 씨는 여순사건 때 반란군에 가담하여 활동하던 중, 국군과 경찰의 반격에 쫓겨 피아골에 들어가 숨어 있다가 결국 자수하여 산에서 내려온, 가슴 아픈 경력을 가진 친구다. 다른 친구들은 모두 알고 있는 일이지만, 객지에서 들어온 나는 처음 듣는 사실이어서 놀란 눈으로 옆 친구에게 물었더니 나에게 눈짓을 하곤 입을 다물었다. 그 친구는 밤에 민가에 내려와 밥을 훔쳐 먹던 이야기를 하며 쓸쓸히 웃고 있었다. 그런 뒤로 나는 그 친구를 오래도록 만나지 못했다.

요즘은 대도시나 지방이나 차가 많아서 주차난으로 애를 먹고 있다. 내가 살고 있는 이곳 아파트도 예외는 아니었다. 주차장에는 초저녁부터 빈자리가 없었다. 그러니 언덕배기 아파트로 올라오는 100미터 가까운 길 양쪽을 차들이 꽉 메워놓고 있었다. 내가 들어 살고 있는 1동에서 2동, 3동으로 올라가는 길 오른쪽에는 벚나무와 단풍나무가 늘어서 있어서 봄이며 벚꽃으로, 가을이면 단풍 구경으로 먼 곳을 찾아가지 않아도 창 너머로 계절감을 맛보며 즐길 수 있어 좋았다. 그러던 것이 어느 날 입주자들의 여론에 따라 이곳에 주차장을 만든다면서 일꾼들이 나무를 파내고 이었다. 1,2동 입주자들은 모두 놀라 몰려 나와 항의를 했지만, 관리소에서는 입주자들의 여론조사를 거친 결과이니 어찌할 수 없다는 답변이었다. 이미 이런 소문이 떠돌고 있을 때 나는 관리소장에게 전화로 한 마디 하기도 했다.

"요즘 자연환경을 조성하고 보존하기 위해 모두들 안간힘을 쓰고 있는 판인데 괜한 나무들을 뽑아버린단 말이요?"

"그럼요. 저도 같은 생각이니까 동 대표에게 잘 말씀 드리

겠습니다.”

그러나 얼마나 지난 뒤 관리소장의 말은 헛소리로 끝났다. 지금까지 많은 차들이 나무 아래 사이사이로 주차를 해서 별다른 불편이 없었는데도 몇 대를 더 세우기 위해 나무를 뽑아내서 주차장을 만들겠다니 이해 못할 일이었다. 애당초 관리소의 공사 계획이었는지는 모르지만, 나무만큼은 제발 살게 해 달라는 몇몇 여자 입주자들의 애원을 배려한 것인지 주차장의 완성과 함께 나무들은 예전대로 듬성듬성 서 있었다.

한 해가 지난 금년 봄의 벚나무는 꽃을 피우지 못한 채 잎만 무성해 있어 그런 중 다행이었지만, 단풍나무들은 바싹 마른 장작개비로 서있었다. 간신히 연명해 서 있는 벚나무들도 아침 저녁으로 뿜어대는 차들의 배기가스로 며칠이나 더 목숨을 부지할 수 있을지 모르겠다. 정말 안타까운 일이다.

피아골의 그 진한 핏빛 단풍 색깔 때문에 가슴에 열이 나서 집 앞의 다소곳한 몇 그루의 단풍 구경만으로 아픈 마음을 달래려고 했더니, 이제 일은 모두 끝나 벚꽃도 단풍도 다 내 곁에서는 떠나가 버렸다.

그래서 이번 가을에는 피아골을 다시 찾을까 한다. 여순사건으로 피아골로 쫓겨 들어가 눈물로 단풍 구경을 했다던 그 친구를 생각하면서.

핏빛 진한 색깔로 해마다의 삶을 마감하는, 단풍의 그 곱고 슬픈 세월의 의미를 되새기며, 나는 다시 늦가을의 피아골 단풍을 찾아갈까 한다.

그날의 갈대

갈대라고 하면 나는 으레 어렸을 적 내 고향 선창가의 갈대밭과 대학시절에 읽은 일본의 여류작가 하야시 후미코[林芙美子]의 단편소설 〈젖은 갈대〉가 생각난다. 이들 갈대의 공통점은 한결같이 '바람 타는 외로움'이라는 이미지로 내 머릿속에 각인되어 있었다.

내가 순천에서 중학을 다닐 때는 바로 옆의 해룡면 쪽으로 바다가 있다는 것은 물론이거니와 그곳에 아득히 펼쳐진 갯벌과 갈대밭이 있다는 사실을 들어본 적도 없이 6년 동안의 학창시절을 보내고 이곳을 떠났다.

그런 뒤 40년이 지난 인생의 황혼 길에 다시 찾아온 이곳에는 들어온 소문대로 끝이 안 보이는 갈대밭이 아득히 펼쳐져 있었다. 보성 녹차밭을 구경하고 여수로 돌아가는 도중에 잠깐 들렀는데, 날도 저물고 해서 구경은 다음 기회로 미루고 돌아왔다. 그런데 이곳이 바로 김승옥의 단편 〈무진기행(霧津紀行)〉의 작품 배경이었다는 호기심과 매력 때문이었는지 많은 관광객이 붐비고 있었다.

그들의 표정은 언제나 밝았지만, 내가 보기에는 어딘가 그
늘진 얼굴이 외로움을 타고 있었다. 그들은 남편을 먼저 떠나
보낸, 집사람의 여고 동창이면서 가까운 친구 사이다. 가끔씩
그들에게서 걸려오는 전화를 받는 나는, 여태 이 세상에 살아
남아 있느냐고 비아냥거릴 것 같은 느낌이 들어 얼른 집사람
에게 수화기를 건네주고 돌아선다. 그러나 이는 나의 심약한
소심증에서 유발된 행위일 뿐, 그들은 오히려 남자 친구 같은
나와의 스스럼없는 대화를 바라고 있었는지도 모를 일이다.
사실, 해 저문 산비탈에 앉아 지나온 세월을 되돌아보고 있는
주름진 이 나이에 그들과 내외할 것도 아닌, 함께 늙어가는
길벗이라는 생각이 들어 나는 집사람에게 불쑥 이런 제의를
했다.

"혼자 사는 당신 친구들하고 모처럼 바람도 쐴 겸 순천 갈
대밭 구경이나 한 번 가보면 어떨까 싶은데….”
"예, 가을 풍경이 좋겠지요.”

나는 늦은 가을 어느 하루 날을 잡아 집사람과 함께 그들을
태우고 집을 나섰다. 여수 순천 간 붐비는 국도를 간신히 벗어
나 순천 청암대학을 지나자 바로 앞에 낙안 민속촌으로 들어
가는 안내판이 보여 예정에도 없는 이곳으로 불쑥 차를 돌렸
다. 가는 길가에는 군데군데 가을꽃들이 피어 있어 모처럼의
시골 풍경이 좋았지만, 차라리 개나리, 진달래가 어우러져 피

는 포근한 봄날을 택했더라면 하는 생각으로 차 속의 분위기를 살폈더니 그들은 계절감과는 전혀 상관없이 즐거운 분위기로 떠들썩하기에 나는 안도하며 속으로 웃었다.

낙안 민속촌은 몇 번 가본 곳인데도 한참 가다 보니 선암사 표지판이 불쑥 나타나기에 다시 길을 돌려 간신히 도착했다. 내가 오늘 일부러 이곳을 찾게 된 것은 우리 일행이 모두 어려서부터 시골에서 자란 사람들이어서 허리나 어깨에 책보자기 둘러 묶어 오며가며 눈에 익은 초가집이며 돌담 그리고 미나리꽝이며 호박꽃 등을 보며 잠깐이나마 어린 시절의 고향 풍경으로 되돌아가고 싶어서였다. 남자가 아닌 여자의 눈에는 많은 세월이 흐른 지금 이런 것들이 어떻게 비쳐졌을까 궁금했다.

잠깐 돌아본 다음 여기서 점심을 마치고 곧장 목적지인 순천 갈대밭으로 향했다. 돌아올 때는 우연히도 최근 새로 난, 반듯하고 좋은 길을 만나서인지 잠깐 달리다보니 갈대밭 마을이 바로 눈앞에 보였다.

끝없이 펼쳐진 갈대밭은 지금까지 사찰이나 고적을 구경하던 때와는 다른, 색다른 정감이 일었다. 입구에서 갈대밭 사이로 2백 미터가 넘을 정도의 나무다리를 놓아 산책하며 구경할 수 있도록 만들어 놓아 좋았지만, 갯벌 풍경은 배를 타고 깊숙이 바다 쪽으로 들어가야 볼 수 있어서 우리는 샛강을 통해 유람하는 조그만 관광선에 올랐다. 바다쪽으로 잠깐 달리다가 갯벌이 나타나자 바로 그 앞에 뱃머리를 대어놓고 선장의 안내방송이 시작되었다. 갯벌에서는 다리를 깝죽거리고 있는 여러 종류의 게들과 이름 모르는 철새들이 앉아 먹이를 찾고 있는 모습을 볼 수 있었다. 나는 하도 오랜만에 보는 것들이어서 문득 초등학교 동창 꼬마들을 만난 반가움으로 시큰해 오는 콧등을 두어 번 손으로 문질렀다. 다시 뱃머리를 돌려 조금 가다가 왼쪽 갯벌을 보라는 선장의 안내방송에 모두들 고개를 돌리니 수백 마리의 갈매기들이 일렬로 줄을 지어 서 있었다. 관광객들 중 갈매기를 처음 보는 사람도 있었는지는 알 바 아니지만, 많은 사람들이 탄성을 지르는 중에 선장의 익살은 여행길에 지친 우리의 마음을 풀어 주었다.

"저기 갈매기들이 일렬로 쭉 서 있는 것이 보이죠. 그런데 바라보고 있는 방향을 자세히 보세요. 모두들 하나같이 바람 부는 쪽을 향해 서 있지요."

선장의 말이 끝나자 의아하다는 듯이 큼직한 카메라를 어깨에 메고 서 있던 젊은이가 불쑥 외쳤다.

"야! 정말 이상하네. 왜 그러죠?"

선장은 하루 몇 번이고 되풀이해야 하는 직업적인 안내 방송인데도 마치 자기만의 발견을, 그것도 처음 말하는 듯한, 신나는 목소리였다.

"바람을 등지고 서 있으면 그 세찬 갯바람에 뒷머리가 들고 일어나서 볼모양 없이 되기 때문이죠."

나는 선장의 재치 있는 익살을 재미있게 들으면서 어린 시절 선창가의 갈대밭을 지나 꼬마 친구들과 함께 바지락이며 꼬막을 캐던 그때의 갯벌을 추억하고 있었다.

그리고 유람선 난간에 기대어 먼 바다를 바라보고 서 있는, 동행한 여인들의 윤기 없는 머리카락도 해질 무렵 불어오는 갯바람을 타고 갈대처럼 나부끼고 있었다.

내 서재 글벗들과의 대화

　자식들이 자라서 제각기의 보금자리를 꾸려 모두 떠났다. 그러고 보니 두 늙은 내외가 어촌 산등성이에 조그만 집을 마련하여 서울에서 이삿짐을 옮겨 온 지도 십 년이 지났다. 아침저녁으로 바라보는 해돋이와 해넘이 구경도 처음 한두 번의 구경거리에서 끝나고, 이제는 텅 빈 마루에 앉아 나는 돋보기로 신문을 뒤적거리고, 집사람은 깜박깜박 졸면서 시장에서 사온 파를 다듬고 있다. 가끔 산새가 창 너머로 기웃거릴 뿐, 집안은 절간처럼 조용하다. 그런 가운데 나는 내 서재 속의 오랜 벗들과 대화하며 여생의 외로움을 달래고 있다.

　하찮은 글이나마 청탁받은 글줄이라도 쓰려면 나는 어쩔 수 없이 내 좁은 서재로 들어간다. 책은 몇 권 되지도 않으면서 방이 비좁아서인지 사면 벽을 가득 채우고는 천장에까지 닿아 있다. 문인 학자들은 누구나가 다 그렇겠지만, 이사할 때 가장 애를 먹는 것은 다름 아닌 책이고 보니 나도 이곳으로 옮길 때 큰마음 먹고 반으로 줄였지만 와서 보니 거의 그대로다.

한우충동(汗牛充棟)이라는 문자가 나에게는 가당찮은 말이지만, 한평생의 내 욕심이고 보니 무엇보다 애착이 가는 말이다.

　삶이 답답하고 적적할 때 나는 흔히 서재로 들어가, 낡아 바스락거리는 이런저런 시집이나 소설집을 조심스레 뒤적인다.

　　흙에서 자란 내 마음
　　파아란 하늘빛이 그리워
　　함부로 쏜 화살을 찾으려
　　풀섶 이슬에 함초롬 휘적시던 곳
　　그 곳이 참아 꿈엔들 잊힐리야.

　정지용의 시 〈향수(鄕愁)〉를 따라 고향을 찾아 갔다가 '어린 시절에 불던 풀피리 소리 아니 나고 메마른 입술에 쓰디쓰다'는 아쉬움만 안고 다시 각박한 현실에 돌아와 김광섭의 〈성북동 비둘기〉를 읽는다.

　　성북동 산에 번지가 새로 생기면서
　　본래 살던 성북동 비둘기만이 번지가 없어졌다.
　　새벽부터 돌 깨는 산울림에 떨다가
　　가슴에 금이 갔다.

　늦여름의 산바람 따라 가을이 오면 나는 아픈 가슴을 어루

만지며 다시 김현승의 〈가을의 기도〉에 귀를 기울인다.

가을에는
호올로 있게 하소서.
나의 영혼,
굽이치는 바다와 백합의 골짜기를 지나,
마른 나뭇가지 위에 다다른 까마귀같이.

시인의 고고한 삶에 대한 은유적 표현이 어려워 쉬우면서도 절실한 정감의 시를 찾다보니 천상병의 〈귀천(歸天)〉이 어느새 다가와 이를 조용히 펼쳐 든다.

나 하늘로 돌아가리라
노을빛 함께 단 둘이서
기슭에서 놀다가 구름 손짓하며는,
나 하늘로 돌아가리라
아름다운 이 세상 소풍 끝내는 날,
가서 아름다웠더라고 말하리라.

감동적인 시도 한두 번이지 계속 음미하다 보면 맛이 떨어져 다른 데로 눈이 옮겨 간다. 그래서 나는 이를 미리 알고 얼른 방향을 돌려 구수하고 재미있는 소설 속의 이야기를 찾아 기웃거리다가 강원도의 관광지로 이름난 평창의 메밀밭으로 눈이 간다. 요즘 관광지로 이름이 난 이곳을 모르는 사람은

없겠지만, 이효석의 단편 〈메밀꽃 필 무렵〉을 읽어본 사람은
많지 않을 것 같아 이 기회에 그 중 묘사가 뛰어난 밤길 장면만
을 여기 옮겨 본다.

길은 지금 긴 산 허리에 걸려 있다. 밤중을 지난 무렵인지 죽
은 듯이 고요한 속에서 짐승 같은 달의 숨소리가 손에 잡힐 듯이
들리며, 콩포기와 옥수수 잎새가 한층 달에 푸르게 젖었다. 산허
리는 온통 메밀밭이어서 피기 시작한 꽃이 소금을 뿌린 듯이 흐
뭇한 달빛에 숨이 막힐 지경이다. (중략) 방울 소리가 시원스럽게
딸랑딸랑 메밀밭께로 흘러간다. 앞장선 허생원의 이야기 소리는
꽁무니에 선 동이에게는 확실히는 안 들렸으나 그는 그대로 개운
한 제 멋에 적적하지는 않았다.

요즘의 텔레비전 드라마나 소설에서 젊은이들의 애정 표현
은 남이 보는 앞에서 더욱 신이 나고 당당해서 딱정벌레처럼
한번 붙었다 하면 중인의 시선도 두렵지 않으니, 옛날의 숨어
서 남몰래 속삭이던 은근하고 차진 사랑이 그리워서 여기 김
유정의 단편 〈동백꽃〉을 모처럼 펼쳐 본다.

그리고 뭣에 떠밀렸는지 나의 어깨를 짚은 채 그대로 퍽 쓰러
진다. 그 바람에 내 몸뚱이도 겹쳐서 쓰러지며 한창 피어 퍼드러
진, 노란 동백꽃 속으로 폭 파묻혀버렸다. 알싸한 그리고 향긋한
그 냄새에 나는 땅이 꺼지는 듯이 온 정신이 그만 아찔했다.

“점순아, 이년이 바느질을 하다말고 어딜 갔어?”

사람의 욕심은 날이 갈수록 태산인데, 지구의 유효 기간도 이제 거의 다 되어서인지 가엾은 중생의 욕망과 불안은 연옥의 불길로 치솟고 있다. 나인들도 예외일 수 없는 한 사람의 미련한 속중으로 마음을 가다듬어 사람이 되고자 김동리의 단편 〈등신불(等身佛)〉에 대한 젊었을 적의 감동을 되돌려 다시 읽어본다.

원혜대사의 이야기를 듣고 있는 동안 나의 마음속으로 이렇게 해서 된 불상이라면 과연 지금의 저 금불각의 등신금불같이 될 수밖에 없으리란 생각이 들었다. 그리고 많은 부처님 가운데서 그렇게 인간의 고뇌와 슬픔을 아로새긴 부처님(등신불)이 한 분 쯤 있는 것도 무방한 일인 듯했다. (중략) “자네 바른손 식지를 들어보게” 했다. 나는 달포 전에 남경 교회에서 진기수 씨에게 혈서를 바치느라고 내 입으로 살을 물어 뗀 나의 식지를 쳐들었다. 그러나 원혜대사는 가만히 그것을 바라보고 있을 뿐 더 말이 없다. (중략) 태허루에서 정오를 아뢰는 큰 북소리가 목어와 함께 으르렁거리며 들려 왔다.

모든 것을 버리고 나는 이곳으로 귀향 아닌 귀향을 했다. 집에 앉아 있어도 시냇물 소리가 바람 따라 들려오고 산새 울음소리도 정겹다. 그리고 창문을 열고 바다를 내려다보면 갈매기들이 어린 시절의 종이비행기처럼 나지막하게 하늘을 돌고 있다. 이렇게 마음이 평화롭고 한적할 때는 내 마음에 당기는 수필 한 편, 조지훈의 수필 〈무국어(撫菊語)〉를 펼쳐 든다.

논밭이 가까운 나의 집에는 이따금 메뚜기가 논밭을 뛰어든다. 수탉은 메뚜기를 잡으러 쫓아가다가 놓쳐버리고, 담장 위에서 꼬끼오 하고 길게 목청을 뽑는다. 무척 고요한 대낮에 낮닭 소리가 끝나면 마을은 더욱 고요해진다. 서울 성북동 아무 운치도 없는 집을 꾸미라고 K화백이 보내주신, 손수 가꾼 국화분을 하룻밤 자고 나니 닭들이 꽃과 잎을 모조리 따먹고 부러진 줄기가 툇마루에 떨어졌더니, 닭도 시골 닭은 꽃을 먹기는커녕 국화 그늘 아래 즐거이 볕을 쬐며 존다.

내 서재를 찾아온 한 권 한 권의 책들은 모두 제각기의 사연이 있다. 먼지를 둘러쓴 채 묵묵히 꽂혀 있는 이런저런 책들은 모두가 내 삶의 증인이요, 나의 역사인 셈이다. 오랜 세월 나를 따라 셋집을 전전하며 고생하고 살아왔기에 이들에게 가는 정은 각별하다.

단 한 줄의 하찮은 글이나마 쓸 수 있는 오늘이 있게 해 준, 내 서재의 오랜 글벗들에게 나는 진심으로 감사하다. 그동안의 정분을 어찌 말로 다할 수 있겠는가. 그저 고마울 따름이다.

폐선(廢船)

　요즘의 항구 풍경은 옛날과는 많이 달라졌다. 항구에서 멀어져 가는 여객선을 향해 흔드는 애달픈 눈물의 손수건도 보이지 않게 되었고, 그에 화답하는 구슬픈 뱃고동 소리도 사라져 버렸다. 이별을 흔드는 눈물의 손수건 대신 휴대폰이 그 역할을 대신하게 되어 떠나도 옆자리에 더 가까이 있게 만들어 주었고, 보내고 떠나는 사람들의 콧등을 저리게 만들던 뱃고동 소리는 소음공해의 견제로 소리 없이 운송의 책무만 다하고 있을 뿐이다. 고도의 물질문명은 인간의 낭만과 그리움과 향수의 정감을 말끔히 앗아가 버렸다.

　여수의 봉산동 일대의 선착장에는 수백 척의 크고 작은 어선들이 낮이나 밤이나 움직이지 않고 매달려 있다. 잠수기조합 주변으로는 잠수부들의 잠수 작업으로 잡아 올린 해삼이며 개불 그리고 전복이며 새꼬막 등을 실어 나르는 조그만 어선들의 입출항이 가끔씩 보이기는 하지만, 허기진 갈매기들만이 끼룩거리며 날개를 파닥거리고 있는 적막한 어항이 되어 버렸다. 십 년 전만 하더라도 해질 무렵의 빨간 놀빛을 가득 안고 줄줄이 입항하는 만선(滿船)의 깃발은 바닷사람들의 가슴을 한껏 부풀게 하기도 했다는 것이다. 한일어업협정으로 인하여 어로 구역이 좁아진 탓도 있겠지만, 워낙 바닥까지 긁어 버리는 저인망(底引網) 어선들의 횡포로 인한 어자원 고갈이 문제라는 것이다.

나의 산책로는 집 뒤의 야산이기보다 비린내 풍기는 선창 쪽이다. 오전보다는 해가 기울 무렵의 저녁 어스름이 마음에 들어 혼자 뒷짐을 하고 자주 어슬렁거린다. 옛날의 그 풍성하고 활기찬 어부들의 웃음소리는 간 곳 없고 주변의 술집에서 들려오는 주정부리는 소리들뿐이다. 고기가 잡히질 않아 팔려고 내어 놓은 어선들이 수두룩한데도 사려고 하는 사람은 하나도 없다. 잠수기조합 쪽에서부터 수렵 공판장 앞까지의 선창에 즐비하게 매달려 있는 배들은 어림잡아 천 척은 될 듯도 싶다. 크고 작은 어선들이 밀려오는 파도에 흔들리며 종일 졸고 있는 가운데 유독 눈에 뜨이는 어선들이 있다. 명성호·대성호·대안호 등 100톤이 넘는 철선들이다. 이들 폐선의 구조나 시설로 보아 어로의 대망을 품고 대양의 험한 파도를 헤치며 젊음의 꿈을 한껏 펼쳤을 법도 한데, 녹슨 선체의 갑판 위에는 때묻은 이불 뭉치가 내팽개쳐져 있고, 낡은 밧줄이며 여기저기 뒹굴고 있는 시커먼 기름통들의 황량한 풍경은 마치 지금의 늙어 버린 내 몰골을 보는 듯하여 마음이 허전하다.

누구에게나 꿈 많고 화려했던 젊음은 있었겠지만, 나의 경우 과식으로 인한 설사 몇 번 하고 나니 내 인생은 다 가고 말았다.

이번 겨울에는 눈이 너무 내려 반갑잖은 손님이 되어 버렸다. 어렸을 때 눈에 관련된 나의 기억은 강아지와 크리스마스 카드뿐이다. 그런데 지금의 강설(降雪)은 무엇인가. 아름답고 평화로운 설경(雪景)이기보다 교통 두절과 인명 피해 그리고 생활의 불편뿐이다. 꼬마들과 함께 눈밭을 뛰어다니며 뒹굴던 강아지는 아파트 거실에서 종일 잠만 자고 있으니 강아지나 사람이나 이젠 정서가 메마른 세상이 되어 버렸다.

오랜만에 하늘이 들어 바람도 자서 바닷물은 눈이 간지러울 정도로 잔잔하고 푸르다. 오후 들어 포근한 봄볕을 찾아 산책을 나섰다. 돌산대교를 막 지난 섬 입구는 차도 확장 공사로 2년 넘게 지지부진 어지러운 상황이다. 빨라 가려야 갈 수도 없었지만, 내 딴에는 봄나들이 기분으로 속력을 줄여 공사 구간을 간신히 지나 반반한 4차선 길로 들어서자 내 옆을 휭하고 지나던 영업용 택시가 앞을 탁 막아섰다. 나는 승객을 내려 주기 위한 정차인 줄로만 알았는데 그것이 아니었다. 조금 나가더니 다시 급정거를 했다. 웬일인가 하고 멈춰 서 있는 택시 옆으로 바짝 다가서면서 차창을 열고 사유를 물었다. 그러자 순간적으로 터져 나오는 폭언에 나는 기절할 뻔했다.

　그 택시 운전사는 40대 중반쯤 되어 보이는 젊은이였지만 하도 무서운 세상이어서 나는 공손한 경어를 쓰며 응수했으나 그는 나에게 '해라' 일변도의 폭언이었다. 내 뒤에 따라오면서 얼른 비켜 주지 않는 꾸물거림에 신경질이 났다 하더라도 앞질러 와서 알게 된 늙은 운전자를 보았다면 그만 화가 풀어져야 했을 것이며, 혹은 젊은 운전자가 앞에서 잠깐 꾸물거렸다 손치더라도 그런 무지막지한 지옥 같은 폭언이 있을 수 있다는 말인가. 앞뒤와 아래위가 완전히 뒤바뀐 어지럽고 험악한 이 세상에 대한 미련을 버리자니 너무나 가슴이 아팠다. 눈앞에 돈만 보이고 사람은 보이지 않는 그 택시 운전자를 저주해야 할지 행운을 빌어 주어야 할지 머리가 멍하다.

　나는 지금 돌산 무술목 몽돌밭 해수욕장의 바닷가에 넋을 잃고 서 있다. 송림을 울리며 지나가는 갯바람은 아직도 차다. 봄나들이를 하기에는 아직 이른가 보다. 산책 나온 사람들도 별로 보이지 않는다.

　체념과 울분이 뒤범벅이 되어 파도와 함께 밀려오고 있었다. 나는 흰 거품을 물고 달려오는 파도를 향해 청마(靑馬) 시인을 목마르게 부르고 있다.

　"파도야, 나는 어쩌란 말이냐!"

육교 부근

서울의 번화가에는 예외 없이 육교가 꺾쇠처럼 걸려 있다.
무대 위에 세트를 물고 버티고 있는 그놈처럼 말이다.

서울은 확실히 서구풍으로 곱게 단장한 한 폭의 탈동양의
세트다. 무수한 ‘피에로’들이 그 주변을 울긋불긋한 화장술과
복장을 자랑하며 초만원의 대성황에 사례하는 북소리, 나팔
소리에 정신이 아찔하다. 가끔씩 치마저고리와 갓과 도포자
락이 유령처럼 펄럭거리기도 하지만, 그것들은 오늘의 서울
에서는 부도덕이다. 거추장스럽고 식어빠진 된장국 냄새와
고리타분한 파김치 냄새까지 풍겨서 초현대를 레몬주스처럼
빨고 사는 서울의 한국인에게는 마음이 언짢다.

육교는 누가 고안해 냈는지 모르지만 다분히 다목적이다.
첫째 나같이 다리가 허약한 사람을 위해서 아침저녁 출퇴근할
때 잠깐이나마 다리운동을 하게 만들어 놓은 등산 대용기구로
이용되니 자못 고마운 일이다. 또한 육교 위에서 아래를 내려
다보는 기분은 고봉준령에서 천인단애를 굽어보는 맛과는 또

다른 상쾌함이 있다. 4,5미터 높이의 육교 아래에서 꿈틀거리고 있는 크고 작은 자동차들의 탁류, 그들은 서로 꼬리를 물고 러시아워의 계곡에서 물매미들처럼 허우적거린다. 시냇가에서 고무신짝으로 덮쳐 세숫대야 물에 담가 두면 빙빙 맴을 돌면서 귀엽게 재주를 부리던 그놈들처럼.

문득 어린 시절이 생각난다. 별안간 육교 아래를 향해 방뇨하고 싶은 충동이 일어난다. 소방호스는 위로 향해 있지만, 나는 아래를 향해서 말이다. 힘차게 내리 퍼지는 소나기의 빗발은 첫여름의 아침 햇살을 받아 무지갯빛도 찬란하리라. 이런 심술 사나운 심리현상은 어느 심리학 책을 뒤져 보아야 할지 모를 일이다. 내가 이런 부도덕을 음모하고 있는 줄도 모르고 포드·캐딜락·크라운·코티나 속의 신사 숙녀 제씨는 외국산 커피의 향긋한 미각만을 계속 반추하고 있으리라. 이렇게 쾌청한 날 아침이면 경비행기에라도 몸을 싣고 서울의 하늘을 한 바퀴 휭 날고 싶다.

내가 어렸을 때는 시골에서 자랐다. 개구쟁이 친구들과 어울려서 남의 집 뽕나무에 자주 매달렸다. 까맣게 익은 왕벌 같은 오디를 따먹기 위해서다. 개구쟁이들 가운데는 예쁜 소녀들도 더러 섞였다. 그들 가운데에는 나보다 동작이 빠른 소녀도 있었다.

어느 날이다. 아래 가지에서 오디를 따먹다가 우연히 쳐다본 광경은 너무나 황홀했다. 치마폭을 걷어서 모아 쥐고 오디를 따 담고 있는 소박한 한 폭의 풍속도가 바로 내 머리 위에 펼쳐져 있지 않은가.

나는 육교 계단을 오를 때는 되도록 시선을 외면한다. 내 앞을 기어오르는 미니스커트 아가씨들 때문이다. 나는 몹시 완고한 가정에서 자랐다. 선친께서 나의 장난스러운 내심을 꾸짖고 계시는 것 같아서다. 그러나 서울의 시민들은 심신이 피곤하다. 어린 시절의 뽕나무 가지 위에 펼쳐진 소박한 한 폭의 풍속도가 문득 겹쳐 떠오른다.

번화가에 위치한 육교 위에는 예외 없이 면세특허를 받은 잡상인들이 줄을 지어 늘어앉아서 양춘가절의 고양이처럼 행복하게 졸고 있다. 진열된 상품 종류는 시청에서 배급이나 받은 것처럼 한결같다. 빗·귀이개·거울·의자다리의 고무받침 등. 그러나 이런 것들 가운데 빠질 수 없는 중요한 품목이 하나 있다. 이것은 필시 로댕의 조각이다. 움직이지 않는 조각이다. 옆에 둔 맥스웰하우스 깡통과 함께 찌푸린 얼굴로 명상에 잠겨 있는 그 얼굴 모습은 흡사 등신불을 연상케 한다. 억겁을 고뇌하는 바로 그 모습이다. 때 묻은 바짓가랑이를 허벅지까지 걷어 올려서 정강이를 세운 한쪽 다리는 더덕더덕 부스럼 투성이다. 다갈색 수액이 번져 나와서 찬란한 오월의 태양빛을 반사하고 있다. 어떤 여학생은 코를 쥐고 도망간다. 토끼처럼 하얗게 분을 바른 시골 처녀는 감상에 젖어 동전 한 푼을 쨍그랑 던져 주고 간다. 국산 유행가처럼 슬픈 표정을 하고.

나는 던져 줄 돈이 없으니 어떻게 하지? 대신 위대한 창조주의 잉여작품인 당신 구걸주에게 이름이나 하나 지어 줄까. 국전 출품작 조각 '작품 B' 라고.

　나는 어렸을 때 감나무에서 떨어진 일이 더러 있다. 바로 머리 위에 잡히는 놈보다는 낭창거리는 가지 끝에 매달린 놈이 더 맛있게 보인다. 한사코 그놈을 낚아채기 위해 바둥거리다가 결국 미끄러져 낙상하고 만다. 그러나 감나무 아래는 폭신한 풀밭이어서 다행히 골절상은 면한다. 두 번, 세 번 되풀이하다 보면 그만 몸살이 나서 드러눕고 만다.
　서울의 땅바닥에는 풀포기 하나 찾아볼 수 없다. 딴딴한 시멘트와 아스팔트로 포장되어 있다. 서울의 어린이들은 올라가서 놀 감나무 하나 없다. 그리고 폭신한 풀밭에 누워 우러러 볼 푸른 하늘도 없다.
　광화문 교육회관 앞 육교 난간에는 빨래판만한 돌에 새겨진 묘비가 하나 상표처럼 걸려 있다.

　　여기 건너다 아쉬이 숨져 간
　　어린 넋에 보답하는 마음으로
　　　　　1966년 11월 6일 김현옥

　안톤 슈낙의 〈우리를 슬프게 하는 것들〉 중의 한 구절을 생각게 한다.

　－공동묘지를 지날 때, 그리하여 문득 '여기 15세의 약년으로 세상을 떠난 소녀 클라라는 누워 있음'이란 묘표를 읽을 때, 아! 그는 어렸을 때 단짝동무의 한 사람 －

　번잡한 길을 건너려다 비명에 숨져 간 그 어린이는 저 세상에서 장난스러운 어른들을 또 한 번 원망하고 누워 있을지도 모른다. '폭신한 풀밭에서 강아지들과 장난치며 놀게 두지 않고 왜 이렇게 높은 시멘트 난간에다 나를 매달아 놓았는가.'고. 그 어린이는 당장에라도 뛰어내리고 싶어 발버둥치고 있을지도 모른다. 그러나 육교 아래에는 풀 한 포기 없는 차디찬 시멘트 바닥이다. 육교 난간에는 빨갛게 익은 감도 하나 열려 있지 않다. 다만 오고가는 어른들의 무딘 구두 발자국 소리만이 어린 넋의 골을 쿵쿵 울리고 있을 뿐이다.

숙모님의 기억

아버지의 육남매 형제자매 내외가 한 사람 한 사람 저 세상으로 떠난 지 10년이 넘도록 아직 여기 홀로 남아 외로운 삶을 살아가고 있는 분이 바로 올해 아흔두 살인 막내숙모님이시다. 몸이 깡마른 사람이 장수를 한다고들 말하지만, 그렇지 않은 예외도 있는 모양이다. 막내숙모님은 시집 올 때부터 몸이 절구통 같아서 방에 앉아 있을 때도 두 사람 몫의 면적을 차지했었고, 외출할 때도 걸음이 더디다고 몇 번이고 뒤를 돌아보며 이맛살을 찌푸리던 숙부님은 결국 절구통 숙모님을 버리고 일제 때 만주로 도망을 가서 일 년이 넘도록 소식을 끊어버린 적도 있었다고 한다. 나에게도 어렴풋이 남아 있는 어린 시절의 기억이다.

아버지는 육남매의 맨 위여서 어느 곳으로 삶의 터전을 옮기든 나이가 어린 막내 숙부님이 안쓰러워서인지 그의 가족과 향방을 함께했다. 장형으로서의 책임감은 언제나 부모 대신이어서 막내의 울타리 역할에서 벗어날 수가 없었던 모양이었다. 그렇게 하여 마지막 종착지가 지금 살고 있는 이곳이다. 여순사건 직후 순천에서 이곳 여수로 옮아와서 아버지는 얼마 뒤 고향인 하동으로 다시 옮겨 가고, 막내 숙부님은 이제 많은 가족을 거느린 떳떳한 가장이고 보니 언제까지나 품안의 아기일 수는 없었다. 이렇게 해서 오랜 세월을 이 자리에 주저앉아 살다가 이제 숙모님 혼자 외롭게 남아 삶의 끝을 눈앞에 바라보고 있다.

숙모님은 몸집과는 달라 두뇌 회전이 빠르고 기억력도 좋았다. 많은 세월이 흐른 지금 어버이날에 점심이나 대접하려고 모신 자리에서는 으레 어른들 모시고 시집살이하던 지난날의 이야기나 내가 어렸을 적의 이런저런 일들을 어제 일처럼 환히 되짚어 재미있게 이야기해 주곤 했다. 나이가 들면 대부분의 경우 며칠 전의 일은 기억을 못 하면서 어렸을 적의 기억은 너무나도 환하니 나의 수준 낮은 의학 상식으로는 도대체 이해가 안 되는 일이다.

장성한 아들딸들은 모두 제각기 살길을 찾아 객지로 떠나버리고 제 자리에 남아 함께 살고 있는 아들은 바다낚시로 한평생을 보내고 있는, 예순이 넘은 둘째 아들이다. 그는 애당초에 규칙적인 직장생활이 적성에 맞질 않아 1년 남짓 나가다가 그만둬버리고, 낚싯대를 짊어졌다 하면 며칠이고 외딴 섬에 죽치고 앉아 돌아올 줄 모르는 방랑객이자 자유인이었다. 하지만, 집으로 돌아오면 낚아온 고기들을 깨끗이 다듬어 냉장고에 넣어두고, 아침저녁 제 손으로 지은 밥에 고기반찬으로 늙은 어머니를 봉양하는 효자이기도 했다. 이렇게 단 둘만의 생활을 십 년 넘게 하다 보니 이제는 서로가 의지하고 사는 기둥이 되어 모자간의 믿음과 사랑은 하루도 떨어져 살 수 없는 별난 짝이 되어버렸다.

그래서 나는 이 낚시꾼 동생을 볼 때마다 '굽은 소나무가 선산 지킨다'는 속담을 실감한다.

숙모님의 낚시꾼 아들인 내 사촌동생은 하루가 멀다 하고 스스로 혹은 친구들의 동행 요청에 못 이겨 바다로 떠나면서도 항상 그의 어머니에 대한 긴장감, 불안감을 떨치지 못한다. 왜냐하면 금년 들어서부터 치매기가 생겨 가끔 길을 잃고 헤매는 일이 있었기 때문이다. 그래서 요즘은 되도록 집에서 멀리 떠나지 않고 있었는데, 하루는 염려했던 사건이 기어이 터지고 말았다. 그런데 다음날 뜻밖에도 하동 친정집 조카한테서 할머니를 보호하고 잇다는 전화가 걸려 와서 안도의 한숨을 내쉬며 그곳으로 달려갔다고 한다.

숙모님에게는 무료한 나날의 방구석이 저승보다 답답했을 것이다. 그래서 아들의 감시를 벗어나 무작정 집을 나와 예전에 자주 다니던, 집 가까운 시장으로 발걸음을 옮기다가 그만 길을 잃고 말았을 것이다. 그런데 다리가 멀쩡한 젊은이들의 걸음으로도 20분은 족히 걸릴 시장과는 정반대 방향인 시외

버스 터미널 옆을 지나다 문득 친정 고향인 하동이 기억났던 모양이다.

참 이상한 일이다. 금방 한 말도 기억을 못 하고 앉은 자리에서 세 번 네 번 같은 말을 되풀이하면서도 어린 시절의 고향인 하동은 기억에 뚜렷이 남아 있었다니 도대체 알 수 없는 일이다.

"나의 살던 고향은 꽃 피는 산골…"

정신이 맑던 몇 년 전까지만 해도 숙모님은 나물을 다듬으면서 흥얼거리던 동요다.

버스터미널에서 불쑥 올라탄 것이 하동으로 가는 길목인 광양 가는 버스였던가. 그곳에서 내리기는 했지만, 갈 곳을 몰라 헤매고 있는 노파를 본 순찰경찰관이 파출소로 데려다가 사는 곳을 묻는 과정에서 호주머니 속의 얄팍하고 허름한 수첩을 발견하여 여기저기 전화를 하다보니 요행히 친정집 식구가 걸려 나왔다는 것이다.

내가 서울생활을 마치고 이곳으로 내려오게 된 것도 어린 시절의 정든 산과 시냇물이 그리워서이다. 거기에는 진달래가 고운 나지막한 야산이 있었고, 그 옆으로는 붕어 새끼들의 장난질이 간지럽던 개천이 있었고, 쑥과 달래의 향긋한 봄 냄새가 있었기에 나는 이것들이 그리워서 이곳을 찾았던 것이다.

시집의 동서들, 시누이들과 한평생을 북적거리다가 바람처럼 모두 떠나버린 허전한 둥지에서 숙모님이 찾아갈 곳이 어디던가. 마음속 깊은 곳에 오래도록 잠겨 있던 어린 시절의 그 정든 고장이 길 잃은 숙모님을 손짓해 불렀을 것이다.

> 나의 살던 고향은 꽃피는 산골
> 복숭아꽃 살구꽃 아기진달래
> 울긋불긋 꽃대궐 차리인 동네
> 그 속에서 놀던 때가 그립습니다

햇살 바른 곳

　우리 집 베란다에는 야생화를 비롯한 자질구레한 꽃나무들이 화분에서 자라고 있는데, 그 가운데 1미터 높이의 철쭉은 한번 죽었다가 살아난 힘겨운 고비가 있어서인지 나에게는 다른 화초들보다 각별한 정이 가는 놈이다.

　몇 년 전에 집을 비워두고 서울에서 한 달 남짓 있다가 왔더니 꽃은 고사하고 잎이 말라붙은 채 시들어 있었다. 마른 잎을 떼고 물을 여러 바가지나 떠다 부으며 철이 바뀌도록 기다렸지만, 살아날 기미가 보이지 않아 포기하고 말았다. 시든 나무를 뽑아 정리하는 것도 성가신 일이어서 큰 화분에 그대로 묻어둔 채 다음 해 봄 화분에 물을 주다가 우연히 보니 그 바싹 마른 나뭇가지에서 참새 새끼 주둥이 같은 노란 싹이 돋아나 있었다. 이렇게 하여 다시 목숨을 건진 철쭉은 매년 접시꽃만 한 분홍색 꽃을 피우며 그 좁은 베란다를 환하게 만들어 주었다. 말라 죽은 그놈의 가지를 꺾어 보니 물기 하나 없는 연필 자루 같았는데 정말 기적이었다. 사람이나 가축이나 혹은 초목이나 한 식구로 정붙이고 살던 놈의 뜻하지 않은 변고는 마음을 더욱 아프게 한다.

거실 소파에 앉아 이른 봄의 그 연분홍 철쭉꽃을 바라보는 재미도 이제 10년이 되어간다. 그런데 그 긴 세월 동안 전혀 의식하지 못했던 새로운 사실을 오늘 아침 우연히 발견하게 되어 자연에 대한 경이와 정을 새삼 느꼈다.

"우리 집 철쭉꽃은 왜 매년 왼쪽 가지에서부터 피는지 모르겠어." 내가 무심코 말했더니 "그쪽으로 거름을 많이 빨아올리는 모양이지요." 집사람의 말이었다. 그런데 베란다의 철쭉을 한참 바라보고 있던 집사람이 무슨 진리라도 발견한 듯 놀란 표정으로 내 팔을 잡아당겼다.

"저것 보세요. 이제 보니까 햇볕 때문인가 봐요."

아침나절 베란다에 잠깐 들렀다 나가는 햇살의 놀이터는 다름 아닌 철쭉의 왼쪽 가지 언저리라는 사실을 이제야 알았다는 것이다. 그러고 보니 볕이 들지 않는 오른쪽 가지에는 강냉이 알맹이만한 봉오리가 근 열흘이 지나도록 꽃을 피울 생각도 않고 있었다. 같은 아파트 베란다에서도 볕이 들고 안 들고의 차이였다.

지난 2월 중순에 일본 후쿠오카에서의 윤동주 62주기 추모제에 가는 우리 일행 중에 어느 회원의 이웃에 산다는 한 가정의 모자(母子) 세 사람이 우리와 동행했었다. 인천공항에서나 비행기 안에서도 우연히 어울리게 된 관광객인 줄로만 알고 있었는데 그것이 아니었다. 나중에 알게 된 사실이지만, 어머니가 20대 초반의 딸과 그 아래의 아들을 데리고 온 일행이었다. 나는 둘 다 딸로 알고 있었는데, 동생인 아들이 여자아이처럼 꽁무니머리로 뒷머리를 묶었기 때문이었다. 문학카페 회원인 우리 일행이 후쿠오카 형무소 뒷마당에서 '윤동주를 사랑하는 일본인 모임' 회원들과 함께 62주기 추모식을 올렸는데 먼저 국화로 헌화한 다음, 술을 따라 절을 하고 희망자는 누구나 제상(祭床) 앞에 나가 윤동주의 시를 낭송했다. 그런데 마지막으로 나온 그 남매의 걸음이 예사롭지 않아 옆 회원에게 물었더니 17,8세쯤 되어 보이는 장성한 아들은 앞이 잘 보이지 않는 시각장애인이라고 했다. 그러나 그는 시종 웃는 얼굴로 그의 누나와 나란히 서서 윤동주의 짤막한 시 〈달같이〉를 낭송했다.

연륜(年輪)이 자라듯이
달이 자라는 고요한 밤에
달같이 외로운 사람이
가슴 하나 뻐근히
연륜(年輪)처럼 피어 나간다.

그의 어머니는 시를 낭송하고 제자리로 돌아오는 장님 아들 손을 잡고 환하게 웃고 있었다. 그 뒷날 후쿠오카의 여기저기를 관광하는 곳에서도 아무 거리낌 없는 대화와 행동으로 우리를 편안하게 해 주었다. 후쿠오카의 '구마모토성[熊本城]'

이 있는 ‘니노마루’ 광장에서 잠깐 쉬는 동안 그의 어머니와의 대화에서 그의 시각장애 아들의 사연을 듣고 마음이 아팠지만, 아들에 대한 그 어머니의 지극한 정성과 사랑에 놀랐다. 앞을 잘 보지도 못하는 장님 아들을 제 나라도 아닌 타국에까지 데리고 다니는 일이 힘들지 않느냐고 내가 말했더니 그런 불편한 신체 조건일수록 많은 체험을 통해 견문을 넓히고 나아가서는 어려움을 극복하는 힘을 길러 주어 떳떳하고 건강한 사회인으로 키우고 싶다는 것이 그 어머니의 신념이자 소망이라고 했다. 어려서 열병에 걸려 시력을 잃은 그때부터 오늘까지의 답답하고 아픈 모정을 한 권의 책으로 써서 출판했다는 사실도 알게 되었다.

“상황이 절실하다 보니 쉽게 써졌어요.”

그의 어머니는 웃으면서 말했다.

“그렇지만 글재주가 없으면 안 되는 일이지요.”

나는 칭찬 겸해 한마디 했다. 구경하다 돌아온 아들은 나와 대화하는 그의 어머니 곁에 어린애처럼 붙어 서서 무엇인가 귓속말을 하고 있었다.

웅장한 자태의 ‘구마모토성’ 옆에 서 있는 고목 뒤로 기우는 늦겨울 오후의 햇살이 ‘니노마루’ 광장 편의점 앞 벤치에 앉아 이야기하고 있는 우리의 손등을 따뜻이 만져 주었다.

금실은 구구비둘기

부부 사이의 감미로운 애정을 이야기하면 나는 금방 이동주(李東柱)의 시 〈혼야(婚夜)〉를 떠올린다.

금실은 구구 비둘기

열 두 병풍
첩첩 산곡인데
칠보 황홀이 오롯한 나의 방석

오오 어느 나라 공주이오니까
다수굿 내 앞에 받들었소이다.

10여 년 전 이웃에 살던 아내의 친구 부부는 진정 이웃이 부러워하는 정다운 한 쌍이었다. 그렇다고 밤낮으로 철없이 껴안고 붙어 다니는 딱정벌레 같은 풍기문란은 물론 아니었고, 소곤소곤 눈짓으로 걷는 산책길이 그러했고 장바구니를 사이에 둔 부부의 동행길이 또한 그러했다. 60을 넘긴 그들이기에 더욱 아름다워 보였고, 애정의 품위마저 느끼게 하는 금실이었다. 그래서 그들 부부 때문에 나의 아내의 불평이 늘어났고 생트집이 잦았다. 외출할 때의 나와 아내의 행간 거리는 2미터 이상이었고, 이들 부부와 같은 '소곤소곤 대화법'과는 애당초에 거리가 먼 단순한 '문답식 대화법'이었기 때문이었다. 집에서는 장성한 자녀들 앞이기에 쑥스러웠고, 길에서는 유교적 점잖 때문에 앞뒤로 따르는 근엄한 질서를 지켜왔던 것이다.

아내와 그 친구는 누구보다도 가까운 사이로 언제 어디서나 부르고 대답하는 각별한 우정이었는데, 우연히도 같은 마을의 아파트에서 살게 되면서부터 서로의 집으로 왕래하는 기회가 잦아지게 되었다. 휴일이나 혹은 오후의 한가한 틈을 타 아내를 찾아오면 나는 으레 자리를 양보하고 서재로 들어가 버리지만 그녀는 의아한 눈으로 남녀유별을 탓하면서 함께 앉아 담소할 것을 권한다. 나의 가정 도덕률로써는 당연한 행위였지만 습관적인 부부동행과 동석에 길들여진 아내의 친구는 그렇지 못한 나를 촌스럽게 생각하고 있었는지도 모른다. 그토록 개방적 활동적인 성격 탓인지 자리에 앉으면 그녀의 남편 자랑도 대단했지만, 그러나 결론은 조금 절약된 애정 표현과 남자다운 굵은 선을 보인다면 남편에 대한 신뢰감도 아울러 갖게 될 것이라는 아쉬움을 말하기도 하였다. 그런 이야기에 전혀 흥미가 없는 나는 졸음이 몰려오는 것을 억지로 참고 있었지만 간간이 나의 인생에 대해 반성해야 할 일도 있기는 하였다.

그런데 어느 날 내가 직장에서 돌아와 저녁밥의 허기를 느끼고 있을 때까지 소식이 없던 아내가 파랗게 질린 얼굴로 휘청거리며 현관에 들어섰다. 나는 직감적으로 지갑의 돈을 털렸구나 했지만 그것은 아니었다.

맛있는 요리가 생겼으니 어서 오라는 친구의 전화를 받고 가서 한참 동안 서로의 수다를 주고받으며 흥겨웠는데, 급한 걸음으로 화장실로 들어간 뒤 아무리 기다려도 나오지를 않아 의아해서 문을 열어 보니 화장실 바닥에 엎드려 있더라는 것이다. 놀란 아내는 급히 구급차를 불러 병원으로 옮겨 놓고 이제 왔다는 사연이었다. 병원의 진단은 고혈압의 변고라는 것이다. 그 뒤 일주일이 지나도록 의식불명이었던 그녀는 결국 그 길로 가고 말았다.

가장 가까웠던 친구의 죽음을, 그것도 신나는 수다로 즐거웠던 그 자리에서 겪게 된 아내의 충격과 아픔은 결국 자기 자신마저 병석에 눕게 만들어 버렸다. 평소에 말이 없는 아내는 말수가 더 적어졌고 멍하게 창밖을 바라보고 서 있는 때가 많아졌다.

아내의 친구 집에 문상을 갔을 때 가뜩이나 허약 체질인 그녀의 남편은 허탈한 표정으로 나와 아내를 맞이했다. 맥이 풀려 있는 그에게 무슨 말을 해야 할지 얼른 생각이 나지 않았다.

“누구나 가야 할 길을 한 걸음 먼저 간 것뿐이잖습니까. 마음을 편히 가지십시오.”

“그런 말을 위로의 말로 듣기에는 너무나도 실감이 안 납니다.”

그는 한숨을 내어 쉬며 고개를 떨구었다.

그런 뒤 한두 달이 지난 어느 날 그의 과년한 딸이 나의 아내를 찾아와서 하는 하소연인즉, 아버지의 마음이 그렇게 빨리 변할 줄을 몰랐다는 것이다. ‘당신이 먼저 죽으면 나도 따라 죽을 것이라’느니, 아니면 ‘당신을 그리워하며 혼자 살다가 뒤따라갈 것이라’느니 하는 말을 그의 아내 앞에서 매일같이 속삭이던 아버지의 절개가 기껏 한두 달 만에 변색되어 버리는 위선이었던가 하는 것을 생각하면 너무나도 어처구니가 없어 아버지에 대한 경멸감이 불같이 일어나더라는 것이다.

그 후 딸은 결혼하여 그녀의 아버지의 곁을 떠나갔다. 파출부가 집안일을 도우기는 했지만 불편함보다 늙은 아버지의 고독해하는 모습을 차마 볼 수 없어 딸 부부는 신혼살림을 챙겨 다시 그녀의 아버지 곁으로 돌아왔다

그러나 그것은 완전한 오산이었다. 그녀의 아버지는 매일같이 외출이었고 마침내는 자녀들에게 털어놓더라는 것이다. 그전부터 친구 사이로 알고 지내던 여자가 있었는데 가족들만 모인 자리에서 간소한 결혼식을 올리면 어떻겠느냐는 내용이었다. 그녀의 어머니가 죽은 지 1년도 채 안 되어서 어쩌면 그런 말이 쉽게 나올 수 있느냐는 하소연이었다. 그러나 자식

들로서는 늙은 아버지의 간절한 소망을 거절할 수가 없어 새 엄마를 맞이하게 되었다. 그들의 나날은 자식들이 보기에 민망할 정도로 즐거웠고 새 아내를 따라 교회에도 착실히 나다녔다.

나는 오다가다 가끔씩 그들 재혼 부부를 만나게 되었고, 그들의 다정한 속삭임과 손잡은 동행을 보았다.

아내의 친구는 지금쯤 저 세상에서 이승의 어떤 풍경을 감상하고 있는지 알 길이 없다. 아니면 미소를 머금은 채 남편의 따뜻했던 손의 감촉을 그리워하며 기다리고 있는지도 모를 일이다.

‘금실은 구구 비둘기’

오늘도 하늘은 맑고 푸르기만 한데, 뒷산 숲 속에서 들려오는 산비둘기의 처량한 울음소리가 바람결에 스쳐 지나가고 있었다.

모두가 빈자리

　저녁놀이 곱게 물든 서녘하늘에 갈가마귀 떼가 까맣게 날고 있었다. 어린 시절 이런 풍경은 문학이나 철학이나 또는 정치와는 아무런 관계가 없는, 그저 아름답고 순수한 원시의 자연풍경 그대로일 뿐이었다. 봄이면 채마밭에 장다리꽃이 노랗게 피지 않아도 평화로웠고, 여름이면 이 빠진 늙은 개가 부엌문 옆에 늘어져 낮잠을 자고 있지 않아도 한가로웠다. 아무런 다툴 것도 괴로울 것도 없는, 우러르면 눈이 시린 푸른 하늘이 있을 뿐이었다.

　며칠 전 나는 부모님 산소에 가서 벌초를 하고 돌아왔다. 올해는 비가 많아서인지 잡풀이 봉분을 엉성하게 덮고 있었고 무덤 한쪽 모서리가 움푹 패어 있었다. 그리고 동생 무덤 위에는 아카시가 뿌리를 박고 우뚝 서 있었다. 아무리 독한 약을 써도 끄떡없었다. "괭이로 뿌리째 파버려야 되겠구먼" 하니까, 예초기를 메고 간 인부가 질겁을 하며 그 무슨 소리냐는 것이다. 고인의 시신이 다친다는 것이었다. 나는 웃고 말았다.

　약 20년 전에 젊은 나이로 동생이 죽었다. 화장터로 가는 날 아침 비는 억수로 퍼부었다. 동생이 누워 있는 관이 불 속으로 들어간 한 시간쯤 뒤에 30센티 정도의 다리뼈 하나를 들고 나와 나에게 보였다. 무덤을 쓸 것이라는 이쪽의 주문대로 처리한 것이다. 나는 동생의 유골 상자를 들고 야간열차에 시달리며 고향에 있는 아버지 무덤 가까운 산자락에 묻어 주었다. 선친이 남긴 얼마 되지도 않은 유산 문제로 장남인 형님과 무던히도 다투더니 결국 남긴 것은 짤막한 다리뼈 한 토막뿐이다. 그 후 형님과는 부모님 산소에 성묘도 함께 가지 못하는 아픔을 안고 여태까지 헤어져 살아오고 있다. 동생은 가고 형님은 남아 있지만 두 사람 모두 이기고 진 것 없는 빈자리만이 허전하다.

윤 형은 대학을 졸업한 이후 줄곧 같은 직장에서 거의 한평생을 나와 함께 지내온 막역한 친구다. 걸핏하면 중이 되겠다던 그는 정릉에서도 깊숙이 들어간 곳에 하숙을 정하였다. 부산에서의 피난 대학 생활을 마치고 서울로 옮겨 동숭동에 있는 대학에 다닐 무렵이었다. 정릉 하숙집에서 돈암동 전차 종점까지 걸어 나오는 데는 4, 50분이 족히 걸리는 먼 거리였다. 그런 생활을 1년 남짓 계속하던 그가 갑자기 서울대학병원에 입원을 했다. 정릉 골짜기에서 돈암동까지 매일같이 왔다갔다 하는 길이 탈이었던 모양이었다. 의학적으로는 알 바 아니지만 그로 인한 증상이 악화되어 고환 수술을 받았다면서 운명에의 한탄이기보다 승복 같은 회색옷을 즐겨 걸치고 다녔다.

그후 결혼을 했지만 처음부터 불행했다. 친구의 과묵한 성격에 그의 아내의 다변은 누가 보아도 잘 어울리는 짝이었다. 하지만 윤 형은 그와는 반대였다. 하루 종일 말없이 앉아 있는 아내이기를 더 바랐던 것이다.

둘 사이는 아이 문제로 다투는 날이 많았다. 그의 아내는 몇 번이고 산부인과를 다녀왔지만 자기에게는 탈이 없다는 것이다. 마지못해 딸아이를 하나 얻어 기르다 보니 사내아이 욕심이 생겨 또 한 아이를 얻어 길렀다. 그의 아내의 욕심은 끝이 없었다. 이렇게 하여 5,6년이 지난 뒤 그의 아내의 배가 불러오기 시작했다. 윤 형은 그전보다 더 말이 없어졌다. 그러던 그가 하루는 시간을 내어 많은 말을 했다. 딸아이가 초등학교에 들어갈 무렵 아내와의 결별을 몇 번이고 결심했지만 가엾은 딸아이가 자꾸만 눈에 밟혀 어찌할 수 없었다는 것이다. 정의 끈이 이토록 질긴 줄을 몰랐다는 것이다. 술을 못하는 그와 나는 맥주 한 병을 비우지도 못하고 일어섰다.

그의 아내는 종일 하루 절에서 산다고 했다. 절밥을 많이 얻어 먹어서 배가 불룩한 줄만 알고 있었는데, 어느 날 사내아이를 낳았다고 한다. 그래서 윤 형의 낯선 아이는 셋으로 불어났다.

윤 형은 10년 전에 암으로 떠났다. 처음 만났을 때도 말이 없던 그가 떠날 때는 더 말이 없었다. 그의 아내도 4,5년 전에 암으로 떠났다는 소식을 최근에 들어 알았다. 이들 두 사람은 애당초 만나지 말았어야 할 악연이었다. 그것도 윤 형의 어머니가 중매한 인연이라고 하니 인간사 참 우습지도 않다.

　서울에서 살 때 금화조 한 쌍을 기른 적이 있었다. 값이 싼 새일수록 우는 소리가 좋지 않았지만, 문제는 그것에 있지 않았다. 기른 지 1년 만에 알 세 개를 낳았다. 그전에도 기른 적이 있지만 그런 기적은 없었다. 언제나 따로따로 졸고 앉아 있었는데 정말 뜻밖의 일이었다.

　그런데 하루아침에는 일어나 보니 수놈이 떨어져 누워 있었다. 다시 수놈을 한 마리 사서 넣어 주었다. 처음에는 서로 경계를 하더니 곧 사이가 가까워졌다. 재혼으로 맞아들인 수놈은 제 알도 아닌데 암컷과 번갈아 가며 부지런히 품어 주기도 하고 새장 안에 떨어져 있는 풀잎을 물어다가 보금자리를 따뜻하게 만들어 주기도 하였다. 새들도 인연이 따로 있나 보다. 알 셋 중 두 개만 성공하여 하루가 다르게 자라서 사이좋게 지저귀며 정다운 애무도 하곤 하더니 그 중 한 마리가 또 떨어져 누워 있었다. 또 수놈 쪽이었다. 어쩔 수 없이 수놈 한 마리를 사서 넣어 주었다. 처음 하루는 서로 마주 보고만 있더니 뒷날부터는 어느 한 놈이 일방적인 공격을 하고 있었다. 자세히 보니 새로 들어온 수놈이 목덜미의 털이 뜯긴 채 쫓기고 있었다. 2,3일을 계속하기에 하는 도리 없이 새장을 하나 더 사서 따로 떼어 놓았다. 그랬더니 서로 마주 보고 고개를 갸웃거리며 암컷이 은근히 그리워하는 눈치여서 다시 합방을 시켜 준 다음 날, 수놈이 목을 비틀고 떨어져 누워 있었다. 어미새는 재혼한 남편과 금실이 좋았는데 딸 새는 술주정뱅이 원수를 만났던 모양이다. 나는 불과 몇 년 사이에 새들의 인견과 사랑과 죽음을 보았다.

20세기를 대표할 만한 우리 민족의 가장 큰 아픔은 일제의 침략과 국토 분단으로 인한 동족상잔이다. 떠난 사람은 말이 없지만 남은 사람은 말이 많다. 세계대전이나 종교 분쟁, 인종 싸움으로 또는 천재지변으로 많은 생명들이 처참하게 죽어가고 있다. 다가오는 21세기에는 '재미있는 동물의 세계'가 아닌, 서로 사랑하고 나누며 살아가는 '사람 사는 세상'이 되었으면 좋겠다.

이런저런 일 다 그만하고 최근에 읽은 일본의 하이쿠(俳句) 하나를 소개하면서 현재의 내 심회를 대신하고자 한다.

'삶의 동반자 사라진 자리에는 캔 맥주만이'

─정년퇴임 후 주변 친구들 하나 둘 저 세상으로 떠나고 혹은 병들어 누워 있으니, 건배할 친구 없이 집에 혼자 앉아 캔 맥주를 마신다.

도둑고양이

쾌속 여객선 데모크라시호가 거문도 선착장에 닿자 바로 옆에서 기다리고 있던 유촌리로 건너가는 나룻배가 우리 일행을 담아 실었다. 작년 여름에 있었던 일이다.

산등성이 아파트에서 내려다보이는 여수 앞바다는 모노륨 장판을 깔아 놓은 그대로다. 사방으로 둘러선 섬들이 바람을 막아 꼼짝을 못하게 머리를 눌러 놓은 때문이다. 바다는 흰 거품을 내뿜는 파도가 있어야 할 말이지, 그렇지 않다면 뱃멀미 약은 무엇 때문에 만들어 놓았겠는가. 여수에 산다고 다 뱃사람이 아니며 언제나 바닷물에 발을 담가 놓고 사는 것도 아니다.

매일 내려다보는 바다 풍경도 이젠 해묵은 이발소 그림이 되어 흥미를 잃고 따분하게 드러누워 있는데 서울의 직장 동료였던 남 형한테서 전화가 걸려 왔다. 고향이 거문도인 그는 피서겸 낚시나 하려고 지금 열차에서 내려 여객선 터미널에 와 있으니 생각이 있으면 동행하자는 사연이었다.

거문리에서 유촌리로 건너는 시간은 10분도 채 걸리지 않는 가까운 거리에 있었다. 뱃머리에 닿으니 이미 전화 연락이 되어 있었던지 60대로 보이는 깡마른 여인이 짐을 받아 머리에 이고 앞서가면서 무언가 큰소리로 계속 말을 하였으나 한 마디도 알아들을 수가 없었다. 그때 옆바람이 우리를 한쪽으로 밀어붙이기는 했지만 나중에 알고 보니 지독한 섬 사투리 때문이었다. 거문도의 여러 섬의 중심지인 거문리와는 바로 이웃인데도 지붕의 얽음새나 풍토가 사뭇 달라 보였다. 부두에서 짐을 받아 앞서가면서 계속 떠들어 대던 여인은 남 형의 사촌누나라는 것을 우리가 유숙할 집에 당도해서야 알았다. 남 형의 동생집도 근처에 있었지만 거기에는 식구가 많아 이쪽으로 정했다고 한다. 우리 일행은 짐을 풀고 내일 아침 일찍 나갈 낚시 준비를 하고 있는데 남 형의 동생이 들어오면서, 기상 예보에서 태풍이 올라온다고 하니 지금 곧 저녁을 먹고 어장으로 나가야 한다는 것이다. 이래서 부랴부랴 떠난 밤낚시에서의 수확은 그 깜깜하고 높은 파도 속에서도 정말 상상 외의 성과였다. 새색시 손바닥만한 낚시는 붕어 낚시여서 바다낚시에 대한 경험이나 기술은 별것 아니었는데, 전문 어부들이 쓰는 외줄낚시로 팽팽하게 끌어당기는 손맛을 톡톡히 보게 된 셈이다.

다음날은 예보대로 아침부터 바람이 불기 시작하더니 오후에는 강풍이 불어 닥쳤다. 어제 부두에서 산등성이 숙소로 올라오는 도중에 여기저기 눈에 띈 슬레이트 지붕에서 묘한 광경을 엿볼 수 있었다. 이곳은 어촌이니까 고깃배에서 사용하는 밧줄들을 쓰지 않을 때는 썩지 않도록 지붕에 널어 말리는 것이 아닌가 하는 생각을 했었는데, 그것은 이곳의 사정을 전혀 알지 못하는 데에서 생긴 오판이었다. 오늘 같은 강풍은 계절을 가리지 않고 수시로 불어 닥치기 때문에 그것을 막기 위한 지붕단속이라고 한다. 거의 집집마다 굵은 밧줄을 지붕의 가로세로로 얽어매어 줄 끝에는 커다란 돌을 매달아 놓았다. 바로 앞에 보이는 거문리에서는 그런 지붕 단속을 한 집을 하나도 볼 수 없었는데 불과 1,2킬로 정도의 거리 차이에서 오는 이곳의 풍물은 달랐다. 제주도의 지붕 얽음새와 비슷하면서 달랐다. 묘한 분위기를 풍기는 풍토에 머리가 조금 멍해왔다.

남 형의 자형 된다는 이 집의 주인장은 우리들보다 두세 살 연장으로 일본말을 가끔씩 섞어 쓰는 김 씨라는 분이다. 지금까지 살아온 김 씨의 인생행로와 사람됨을 남 형에게서 이미 들어서 알고 있었지만, 한쪽 무릎을 꺾어 세운 채 마루에 걸터앉아 먼 바다를 바라보고 있는 김씨의 옆모습에서 뭔가 알 수 있는 우수의 그림자가 아른거리고 있음을 감지할 수 있었다. 남 형이 대뜸 입을 열었다.

"형님, 오늘 같은 강풍에는 어장이 뒤집혀 배를 띄울 수 없으니 형님의 낚시 체험담이나 좀 들어 봅시다."

김씨는 자세를 고쳐 앉으면서 담배에 불을 붙였다.

"작년 이맘땐께 꼭 일 년이 되얏네잉."

담배 연기를 길게 내뿜으면서 구수한 남도 사투리로 말문을 열었다. 내용을 요약하면 다음과 같다.

날이 가물면 바닷고기들도 식욕이 떨어지는지 입질을 하지 않았다. 뙤약볕 아래서 종일 공을 들이고 있어도 빈 배로 돌아오는 날이 계속되어 고민하고 있던 차에 이웃집 젊은이가 먼 바다로 한 번 나가보자는 제의를 해 왔다. 김씨는 대뜸 며칠 분의 식량을 싸들고 초등학교 동창생인 그의 아내에게 작별 인사까지 하면서 해질 무렵에 낚싯배의 엔진에 발동을 걸었다. 거문도에서도 두세 시간을 더 남쪽으로 내려온 망망대해 한복판에서 닻을 내렸다. 집에서 망치로 두들겨 손수 만든 갈고리만한 낚시를 바다 깊숙이 던져 놓고 이틀 밤을 꼬박 새운 사흘째 되던 날 세 시경에 덜커덕하는 소리와 함께 배가 한쪽으로 휘청했다. 대물을 노리고 채비한 줄과 바늘이긴 했지만 칠십 노인의 힘으로는 감당할 수 없는 괴물이었다. 졸고 있는 젊은이에게 고함을 내질렀다. 7월의 그믐밤은 지척을 분간할 수 없었고 거센 파도만이 물귀신의 치맛자락처럼 뱃전을 내리치고 있었다. 한평생을 바다와 싸워 왔지만 농담 섞인 그의 아내와의 작별 인사가 오늘따라 불길한 예감으로 마음을 흔들면서 팔의 힘을 서서히 빼고 있었다. 밧줄 같은 낚싯줄이 뱃전을 스칠 때마다 우두둑우두둑 하는 소리가 가슴팍의 살을 뜯어내는 듯했지만 낚시줄을 늦추었다 감았다 하는 익숙한 손놀림은 동이 틀 때까지 계속되었다. 이런 긴장이 세 시간이 지난 아침 여섯 시경에야 바다 속의 그 괴물은 서서히 정체를 드러내기 시작했다. 이건 고래가 아니면 천년 묵은 바다거북이임에 틀림없었다. 죽을힘을 다한 두 사람의 버팀으로 일은 끝났다. 김 씨와 젊은이가 혼몽한 의식으로 깨어났을 때는 동녘 하늘이 환하게 트여 있었다.

"그래 얼마나 큰 놈이었기에 기절까지 했어요?" 하고 남 형이 슬쩍 비꼬아 물으니까 김씨 대신 그의 누나가 양팔을 벌리면서 말했다. 2미터 15센티에 105킬로나 되는 돝돔이라는 것이다.

"돌돔이 그렇게 큰 놈이 있어요?" 의아한 표정으로 내가 물었다.

"돌돔이 뭣이여, 귀가 먹었어? 돼지만큼 살찌고 크다고 해서 돝돔이라는 것이여!"

내가 알고 있는 돔의 종류로는 참돔·감성돔·줄돔·황돔·혹돔 등으로만 알고 있었는데, 지금 김씨의 안색으로 봐서는 더 이상 따져 물을 수도 없었다.

"그래 그 놈을 어떻게 처분했어요?"하는 남 형의 물음에 김씨는 허탈한 표정으로 고개를 떨구었다. 이 대물의 어획 소식을 들은 김씨의 사촌처남이 달려와서 대뜸 20만 원을 내어놓고 가져가 버렸다고 한다. 목숨을 잃을 뻔했던 대물이긴 했지만, 20만 원은 적은 돈이 아니었다. 그런데 문제는 그 뒤에 들려온 소문이었다. 그 대물을 서울에서 온 상인에게 100만 원에 넘겼다는 것이다.

그런 일이 있은 뒤 김씨의 행방을 아는 사람은 없었다. 그의 아내가 머리를 싸매고 드러누운 지 일주일이 지난 뒤 김씨는 거지 행색으로 돌아왔다는 것이다.

사촌처남의 그 맹랑한 수작에 분통이 터진 김씨는 소주병을 한 아름 안고 무작정 낚싯배에 올라 발동을 걸었다는 것이다. 참을 수 없는 분함과 허탈감이 술에 범벅이 되어 손에 잡히는 대로 무엇이 됐든 마구 바다 속으로 집어던져 버렸다는 것이다. 몇 시간이 지난 뒤 잠에서 깨어 보니 엔진이 꺼진 채 배는 파도에 밀려 떠내려가고 있었다는 것이다. 나침반을 찾았으나 남아 있을 리가 없었다. 간신히 엔진을 살려 가다 보니 도착한 곳은 제주도였다고 한다.

"그래서 어떻게 했어요?" 하고 남 형이 눈을 깜박이면서 물으니까 배시시 웃고 있었다. 나는 따라 웃을 수도 없는 이 따분한 분위기를 바꿀 양으로 장독대에서 우리를 빤히 쳐다보고 있는 두세 마리의 고양이를 가리키면서, "집에서 고양이를 많이 기르나 보지요?" 하니까,

"저놈들이 모두 들고양이들이여, 길에서나 집에서나 온통 저놈들 세상이시. 장독대에 말리기 위해 널어놓은 생선들을 저놈들이 다 물고 가버린당께. 이제 내 눈에는 사람들이나 들고양이나 모조리 도둑놈으로밖엔 안 보인다 이 말이여!"

김씨의 독기어린 말에 웃음을 깨물며 고개를 돌려 바다를 내려다보니 바다는 강풍에 뒤집혀 누더기 빨래처럼 펄럭이고 있었다.

삶과 죽음에 대한 풍경

집 뒷산의 숲에서 우는 소쩍새는 작년부터 나의 새벽잠을 깨운다. 무슨 애절한 사연이 있는 것일까. 처음 며칠 동안은 제법 슬픈 가락으로 나의 심사를 건드렸지만, 이젠 오히려 새벽잠을 설치게 하는 소음으로 신경을 곤두세우고 있다. 암수가 교대로 우는 것도 아닌, 혼자만의 목쉰 소리이고 보니 듣기가 더욱 언짢다. 요즘 그놈의 울음소리는 더 가까운 곳에서 들려온다. 마을 가까이로 내려온 모양이다. 배가 고파서일까. 먹다 남은 누룽지라도 갖다 주었으면 하는 마음이지만 그럴 수도 없다.

내가 사는 아파트는 소나무 숲이 우거진 산등성이에 자리 잡고 있는데, 이곳에서는 작년부터 생각지도 않은 해괴한 문제가 생겼다. 이곳에 아파트가 들어서기 전에는 이 일대가 임씨 문중의 집단 취락지여서 그들의 입김이 대단한 곳이었다.

하루는 산 가까이에 있는 가장 뒤쪽 아파트 바로 옆에 포클레인의 소란한 작업이 시작되었다. 우리 아파트 입주자들은 시(市)에서 시공하는 등산로의 확장이거나 혹은 산사태를 예방하기 위한 배수공사 작업인 줄로만 알고 반가워하고 있었는데 알고 보니 그것이 아니었다. 그것은 다름 아닌 임씨 문중의 납골당을 만들기 위한 공사라는 것이다.

뜻하지 않은 공사에 놀란 입주자들은 아파트 관리사무소로 모여들어 사건의 진상을 추궁했지만, 관리소장이나 입주자 대표는 시의 허가를 받고 하는 일이니 자기네들도 어쩔 수 없다는 말만 남기고 자취를 감추어 버렸다. 임씨 문중과 입주자 대표와의 사전 공작이 없고서야 이럴 수가 있느냐는 분통을 터뜨리며 다시 공사장으로 몰려들어 작업을 저지하였지만 막무가내였다. '우리 땅에 우리가 만드는 납골당인데 무슨 상관이냐'는 호통이었다. 그 날부터 밤중에 몰래하는 작업을 막기 위해 천막을 쳐 놓고 입주자들은 밤잠을 자지 않고 교대로 지키기로 했지만 천막 속으로 모여드는 사람들은 허리 굽은 노인네들이 대부분이었다. 직장일로 바쁜 젊은이들은 보이지 않았다. 많은 주민들의 협조를 바란다는 관리사무소의 구내방송은 잇달아 울리고 있었지만 별다른 반응은 없었고 작업은 웬일인지 중단되었다. 그러나 새벽녘의 허기진 소쩍새의 울음소리는 변함없이 들려오고 있었다.

이것이 작년 일로 끝난 줄 알았는데, 금년에 다시 그 자리에 기어 오른 포클레인은 골이 울리는 굉음을 내며 묘지 구덩이를 파고 있었다. 임씨 문중의 끈질긴 추진이었다. 작년보다는 젊은 남녀가 많이 모여들었지만, 임씨 문중의 젊은이들이 훨

씬 건장하고 근육에 윤기가 나는 체구들이었다. 때마침 여름철이어서 그들의 육체미를 자랑하기에 알맞은 계절이었다. 남자 젊은이들이 잠깐 자리를 비운 틈을 타서 이들 건장한 젊은이들이 작업장의 젊은 여자들을 내쫓기 위한 전술인지는 모르겠지만, 옷을 모조리 벗어 던지고는 팬티 바람으로 버티고 서있었다. 그러나 그 유치하고 누추한 전술 앞에 한 젊은 여성이 나서며 용감하게 포문을 열었다.

"그것 자랑할라고 벗었냐? 어디 한번 내놓아 봐라. 구경 좀 하자."

그러나 그 둘레의 여자들은 웃는 사람 하나 없었고, 야만적인 작전에 실패한 그 젊은이는 슬픈 표정을 하고 돌아서서 옷을 집어 들고 물러났다. 좀처럼 끝날 기색이 보이지 않는 전쟁이었다. 뇌물 먹은 입주자 대표와 간부들은 새 사람으로 바뀌고 '근조(謹弔), 납골당 결사반대'라는 작업장 앞의 현수막은 철 지난 겨울바람에 만장(輓章)처럼 펄럭이고 있었다.

이상은 최근에 일어난 우리 동네의 우습고 슬픈 이야기다. 아무리 자기네들 문중의 땅이라고 하지만, 아파트 바로 문 앞에다 납골당을 지어 어쩌자는 말인가. 여기저기 흩어져 있는 조상의 뼈를 한곳으로 모아 성묘의 편의를 위한 처사라고 하지만 이 넓은 천지에 하필이면 수천 세대가 살고 있는 남의 집 방문앞이란 말인가. 이야말로 조상을 위한 후손들의 효성 어린 납골당이 아니라 주민들의 영원한 원한당(怨恨堂)이 되고 말 것이라는 사실을 그네들은 다시 한 번 생각해 볼 일이다.

　‘삶과 죽음은 지척지간(咫尺之間)’이라고들 말하지만, 나는 요즘처럼 이 말의 의미를 절실하게 느껴 본 적은 없다. 가깝고도 먼 이승과 저승과의 거리, 우리는 이 고달픈 틈바구니에서 고뇌하고 있다. 그러나 나는 이를 즐거운 마음으로 구경하고 서 있다. 오늘도 나는 능청스럽게 거짓말을 하고 있으면서도 문학한다는 것을 자랑하고 있다. 그러나 문학은 만들어낸 이야기 속의 진실이어야 한다. 이 진실을 창조하기 위해 나는 오늘 밤에도 늦도록 혼자 앉아 쥐가 천정을 갉듯이 나는 손톱이 닳도록 원고지를 긁고 있다. 새벽녘의 소쩍새는 내일도 모레도 목이 쉬도록 애절하게 울 것이지만, 나는 그 울음의 의미를 알아내지 못하고 말 것이다. 배가 고파 우는 것인지 아니면 먼저 떠난 짝이 그리워 우는 것인지 모르는 채 살아갈 것이다. 아내가 비싼 난방비를 염려해서인지 방바닥이 몹시 차다. 삶이 춥다. 그러나 오늘같이 따뜻한 정이 있는 한, 문학과 함께 오래 살고 싶다. 고마운 일이다.

할머니의 야릇한 그 자리

아버지의 형제는 5남매였다. 집안이 가난하여 신학문을 배우지 못하고 어깨 너머로 배운 한글 지식이 전부였고 간간이 섞여 나오는 한자를 더듬어 읽을 정도의 것이 학력의 전부였다. 집안의 남자 어른들이 그런 정도였으니 여자들은 어떠했겠는가. 고모님을 비롯해 어머니, 그리고 숙모님들이 모두 글자를 모르는 까막눈이었다. 그런데 올해 아흔을 바로 눈앞에 둔 막내숙모님은 혼자 남아 외로운지 먼저 돌아가신 분들의 산소에 들르기를 졸랐고, 또 조부모님 산소까지 물어물어 허탕을 거듭하며 찾아다녔다. 내가 퇴직한 후 서울에서 이곳으로 옮겨와 숙모님의 운전기사 역을 맡아 신작로나 농로를 막론하고 마구 헤매며 찾아다녔다.

할아버지, 할머니 산소에 우리는 옛날에 어려서 가 보지를 못했고, 어머니나 숙모님들은 길이 멀어 함께 가지를 못했으니 알 리가 없었다. 그런데 그 당시 연세가 조금 덜한 젊은 숙모님들은 한두 번 따라가 본 기억을 더듬어 찾아 나선 것이다. 우복골에 있는 할아버지 산소는 그 옆으로 반듯한 아스팔트 새 길이 나버렸으니 지형이 변하여 옛날의 기억으로는 도저히 찾을 수 없다는 숙모님의 탄식이었다. 산길을 한참 헤매다가 안 돼서 마을로 내려가 한 노인에게 물었더니 산 아래 바로 저기라고 손가락으로 가리켜 주었다. 소나무가 둘러싼 아늑한 남향터에 늦가을의 엷은 햇살이 잔디 위에 내려앉아 있었다.

그 길로 우복골 퉁퉁바구를 지나 개고개 마을에 있다는 증조할아버지의 산소를 찾아 나섰다. 바로 앞에 건너다보이는 조그만 마을이어서 멀지는 않았지만 궁벽한 산골길이어서 승용차로 다니기에는 매우 힘들었다. 그 마을까지 간신히 가기는 했지만, 추수기여서 그런지 마을에서는 사람들을 만날 수가 없었다. '퉁퉁바구'니 '개고개'니 하는 마을 이름은 어려서부터 아버님께 많이 들어온 터라 쉽게 찾을 수는 있었지만, 산소가 어딘지는 알 수가 없어 여기서도 숙모님의 옛날 기억에 의지할 수밖에 없어서 더듬더듬 산길을 오르기 시작했다. 산길에 서 있는 감나무에는 조그만 산감들이 발갛게 익어 조랑조랑 매달려 있어 산골의 가을 정취를 한결 돋우어 주었다. 증조할아버지 산소에는 묘가 둘이 있는데 옆으로 나란히가 아니라 아래위로 자리 잡고 있기 때문에 쉽게 눈에 띈다는 숙모님의 말이었다. 감나무를 지나 조금 오르니 평탄한 산봉우리가 나서는데 바른편으로 고구마 밭이 있는 바로 위에 아래위로 위치한 묘지가 보였다. 숙모님은 바로 저기라며 안도의 한숨을 쉬며 올라가 모두들 잔디에 주저앉았다.

"바로 여기에다 두고 그렇게 찾다니, 몇 년 전에 형님(손위 동서)하고 둘이 왔을 때 성묘하고 점심 먹은 자리가 바로 여긴데 틀림없어."하며 열을 올렸다. 나는 혹시나 하고 일어서서 상석에 새겨 놓은 글을, 잡풀을 헤치고 들여다보았다. 상석이 오래 되어서인지 글자가 잘 보이지 않았다. 그래서 휴지로 붙어 있는 이끼를 닦아내며 안경을 벗고 엎드려 가까이 다가가 보니 '慶州金氏之墓'라고 씌어 있었다. 숙모님은 한글을 겨우 깨우쳐 읽을 수 있는 정도지만, 한자를 모르기 때문에 지금까지 남의 조상 묘에 음식을 차려 놓고 절을 한 셈이다. 나는 허탈한 심정으로 다시 그 위로 조금 더 올라가니 이와 똑같은 형태의 아래위로 자리 잡은 묘가 보였다. 가까이 가서 상석을 확인해 보니 틀림없었다. '晋陽鄭公之墓'라고 씌어 있었다. 우리는 그쪽으로 자리를 옮겨 술을 따르고 엎드려 절을 하였다. 잔디 위에 자리를 깔고 앉아 점심을 먹으면서 숙모님은 묘를 아래위로 배치한 내력을 설명했다.

이곳의 윗자리 묘가 증조할아버지이고, 그 아래가 바로 우복골에 자리한 할아버지의 부인인 할머니시니 여기 아래의 무덤 주인공이 바로 증조할아버지의 며느리 되시는 분이라고 한다. 그렇다면 우복골의 할아버지 옆이 아니라 왜 이곳으로 오시게 되었느냐는 것이 의문의 초점이 될 수밖에 없었다. 증조할아버지 아랫자리의 며느리 할머니는 생시에 시아버지를 극진히 모시지 못한 것이 마음에 걸려 유언으로 남긴 결과라고 한다. 남편 옆을 사양하고 시아버지 옆을 선택한 옛날 여성의

정성과 효심을, 현대를 살아가는 우리들은 어떤 해석을 해야
할지 어리둥절해져 머리가 멍했다.

시대가 바뀌면 풍속이나 질서도 바뀌게 마련이다. 하지만,
나는 지금 할머니의 묘 앞에서 유교의 무서운 도덕률과 질서
를 보고 있다. 시아버지에 대한 존경심과 정성이 부부 사이의
애정보다 윗자리에 서 있었다는 사실을 나는 지금 목격하고
있다. 할머니와 할아버지 사이에 어떤 풀리지 않는 갈등이 있
었는지에 대해서는 알 길도 없거니와 알 바도 아니다. 혹시
유교의 효심이 부부 사이의 애정마저 위선의 사슬에 묶여 버
린 것은 아닐는지. 풀지 못할 숙제를 안은 채 며느리에게 쫓겨
나 거리를 방황해야 하는 오늘의 현실을, 나는 서울 용산 역전
에서 한 그릇의 점심을 얻어먹기 위해 줄을 서 있는 한 늙은이
의 뒷모습을 보며 잠깐 생각해 본다.

그 친구와 자장가

4월 중순인데도 날씨가 변덕을 부려서 추웠다가 더웠다가 하는 통에 감기 환자가 많이 생겼다. 그래서 나도 몸조심을 하고 있는 중이어서 겨우내 입고 있던 두툼한 내의를 벗을까 말까 하고 고민 중이었는데, 어제 저녁부터 내리던 굵은 빗줄기가 오늘 아침에는 거센 바람까지 동반하여 싱그러운 신록의 토요일 계획을 망가뜨리고 말았다. 뒤 창문을 울리고 지나가는 바람소리는 마치 한겨울처럼 몸을 움츠리게 하였다.

이 무렵의 오동도에는 동백꽃도 거의 시들어 쓸쓸한데, 관광객들의 술 취한 유행가 가락만이 파도를 타고 장날처럼 흥청거리고 있었다. 내가 이곳의 방파제를 거닐 때면 작곡을 전공한 그 친구를 언제나 생각한다. 범패(梵唄)를 연구하던 친구였는데 가정생활이 원만하지 못해 정처 없이 떠돌다가 화장한 뼛가루를 그의 고향인 이곳 오동도에 뿌려 달라는 유언을 남기고 그는 떠났다.

6·25를 전후한 한동안 내가 이곳에 머물고 있을 때 만나게

된 자유분방하고 낭만적인 친구였는데, 그 무렵 나는 대학 재
학 시절로 시를 쓴답시고 그와 자주 어울리고 있었다. 그런데
그가 어느날 작곡을 해주겠다면서 나에게 불쑥 작사를 부탁해
왔다. 나는 사양하지 않고 '자장가'를 써 주었다.

　자장자장 잘 가거라 우리 아가야
　달여울 은하수에 나들이 간다
　강가에 띄워 보낸 나뭇잎 배에
　꽃소식 전해올까 맞으러 간다
　자장자장 잘 자거라 우리 아가야

　자장자장 잘 가거라 우리 아가야
　구름 속 너울너울 나들이 간다
　바닷가 잃어버린 비단조개를
　한 아름 치마폭에 담으러 간다
　자장자장 잘 가거라 우리 아가야

　그 후 몇 세월이 흐른 뒤 서울에서 교편생활을 하고 있을
때 그가 작곡한 가곡 10편을 모아 녹음한 테이프를 주면서 작
곡 발표회에 나오라는 것이었다. 서울 실내악단의 반주로 연
주하는 발표회였는데, 나의 '자장가'는 목관악기인 오보에의
반주로 소프라노 이인숙이 부른 것이었다. 아름답고 부드러
운 목가적인 음색이 특징인 오보에의 선율에 실은 그의 뛰어

난 예술적 재능으로 서투른 나의 노랫말인 '자장가'는 감미로운 꿈속으로 이끌어 나를 조용히 잠재우고 있었다.

그는 이 고장에 태어난 재주꾼이었다. 그림에, 조각에 그리고 음악에 예술 분야의 만능꾼이었으며, 또한 아내를 바꾸는 데에도 남다른 재주가 있었다. 항상 새로움을 추구하는 예술인의 기질 때문이었을까. 그래서 그는 떠돌이의 생활로 50대 초반의 불우한 삶을 마감했다. 예술 하는 사람들의 자존심이 아니면 괴벽이라고 할까, 그의 첫 번째 아내와의 이별도 알고 보면 웃고 말아버릴 하찮은 사건이었다. 신혼여행의 뱃길에서 신부가 읽고 있는 책이 저속한 주간지였다는 것이 그 이유였다. 그리하여 두 번째, 세 번째의 아내와도 예술과 세속의 불협화음에서 오는 갈등과 실망감의 고뇌에서 헤어나지 못한 채 괴로워하다가 한 줌의 재로 이승을 하직했다.

싱그러운 신록의 계절, 뜻하지 않은 비바람이 창문을 내리치는 깊은 밤에 나는 40년 전의 그날들을 회상하고 있다. 필요한 녹음테이프를 찾아 서랍을 뒤적거리다가 뜻밖에 눈에 띈 그 친구의 가곡 테이프를 걸어 들어보았다. 새삼스런 감회에 젖어들게 하였다.

인생은 외롭지도 않고
그저 잡지의 표지처럼 통속하거늘

한탄할 그 무엇이 두려워서 우리는 떠나는 것일까

　박인환의 〈목마(木馬)와 숙녀(淑女)〉 마지막 구절이다. 우리는 어차피 속세의 한 가엾은 중생이거늘 어찌하여 그는 이들과 정을 나누지 못해 떠났는가. 하늘이 맑게 갠 어느 손 없는 날, 오동도 기슭 갯바위에 앉아 그가 작곡한 '자장가'를 들려주며 구천(九天)에 떠도는 그의 외로운 영혼을 달래 주어야겠다.

그림 이야기

나는 그림을 좋아하지만, 화가의 이름에는 별로 관심이 없다. 누가 그렸건 그림만 내 마음에 들면 그만이다. 그래서 젊었을 적에는 그림 구경하러 인사동을 가끔씩 들러 여기저기 화랑을 기웃거리고 있으면 주인이 내 눈치를 살피며 이름 있는 화가의 그림 옆으로 다가서며 의미 있는 미소를 보낸다. 그러면 나도 내 나름의 의미 있는 미소로 답하며 그 집을 나온다. 심심하면 집에서 놀지 뭣 하러 여기까지 나왔느냐는 듯한 주인의 못마땅한 표정을 뒤로 하고 또 다른 화랑으로 발걸음을 옮긴다.

이렇게 해서 우리 집 벽장 속에는 이런저런 이름도 없는 그림들이 쓰다 남은 벽지와 함께 뒤섞여 뒹굴고 있다. 오다가다 마음 내키면 인사동에 들러 기웃거리는데 하루는 어쩌다 눈에 들어 헐값으로 사 가지고 온, 긴 족자로 된 동양화를 벽에 걸어놨더니 집에 놀러 오는 사람들의 입에 더러 오르내린다. 이 그림이 우리 집으로 들어온 지 30년이 더 지났으니 나와 함께 늙어온 셈이다. 그래서인지 나는 이것에 대한 애정이 각별하다. 그림이 청전(靑田) 풍이어서 보는 사람들은 흔히들 그분의 그림인 줄 알고 의아한 눈빛으로 확인하려 들기도 한다. 그림 솜씨와 분위기가 매우 흡사한 탓이다. 그리고 예나 지금이나 동양화에는 한시의 한 구절이 어느 한 자리에 차지하고 있어야 제 값이 인정되었던 모양이다.

'霜葉紅於二月花' 여기에도 이런 한시 한 구절이 좌측 상단에 씌어 있었다. 가을 단풍이 이월의 꽃보다 곱다는 뜻인가. 당나라 시인 두목(杜牧)의 〈산행(山行)〉 마지막 구절이다. 이것 말고 또 하나는 옛날 할아버지 밥상만한 크기의 액자인데, 금붕어 어항 옆에 과일 몇 개와 봄 꽃 두세 송이가 그려진 소박하고 품격 있는 그림이다. 그림의 위쪽 구석에는 '春花小魚'라고 씌어 있었다. 그림도 좋고, 화제(畵題)도 마음에 들었다. 값이야 어떻든 그저 내 눈으로 보고 즐길 뿐이다. 내가 가지고 있는 그림들은 장롱 깊숙한 곳에 감추어 두었다가 자식들에게 물려주려는 값비싼 유산이 아니고 보니, 집을 비워 두고 멀리 여행을 떠나 한 달이 지나도 걱정이 안 되어서 좋다.

오래 전 서울에서 살고 있을 때 예향 광주(光州)에 있는 친구가 동양화 한 폭을 보내 주어서 표구를 해 놓고도 오래된 아파트의 도배를 마치고 나서 벽에 걸 양으로 거실 한 쪽에 세워 두었다. 어촌 갯가에서 허리 굽은 노인네 대여섯 사람이 앉아 낚시하는 그림이었다. 내 취향을 알고 보낸 그림이다. 그런데 내가 얼른 보기에도 낚시하는 노인이 너무 많다 싶었는데, 도배장이 영감이 자리에 앉아 담배를 피워 물면서 대뜸 하는 말이었다.

"낚시꾼이 너무 많소, 동네 할아버지들이 다 나온 모양이네요."

글이나 그림이나 제 각기의 보는 눈은 다 있는 모양이다. 특히 그림에서 더 그런 것 같다. 누구에게나 보편적으로 공감되는 부분이 있는가 하면, 특별히 내 눈에만 비치는, 개성적인 안목도 있을 법하다. 가다가는 그림 값에 욕심이 생겨 전문가의 감정을 권하는, 돈에 밝은 사람도 있다. 요즘의 세태인가. 그야 어떻든 그림을 보는 데는 특별한, 전문적인 지식이 필요 없을 것이라는 생각이 들었다. 우연한 기회에 나는 그 도배장이 영감에게서 그런 것을 느꼈다. 그가 그 그림에서 바란 것은 세속의 욕심을 떠난 한적한 여백이었던가. "낚시하는 노인이 너무 많소." 하던 그 영감의 말이 다시 떠올랐다. 그 나름의 안목이었다. 이 집 저 집 도배하러 다니면서 슬쩍슬쩍 곁눈질로 익힌, 그림 보는 눈이었던가.

하지만 그 그림 속의 낚시꾼 노인들 가운데 몇 사람을 도배장이 영감 말 대로 집으로 돌려보낼 수는 없는 일이고 보니 그냥 걸어두고 감상할 수밖에 없었다.

우리 집 거실의 내 단골자리 바로 옆의 낡아 못 쓰게 된 텔레비전 받침대 위에는 갈 곳이 없어서 올려놓은 고물 라디오며 전화기 그리고 소형 받침달력 등이 자리 잡고 있다. 깨끗이 치워버리려고 하면서도 어영부영 그대로 두고 있었는데, 얼마 전에 거기에다 책표지 크기의 조그만 액자가 하나 더 첨가되었다.

오래 전 어느 잡지에서 본 그림이 마음에 들어 가위로 잘라 액자에 끼워 둔 것이다. 그동안 몇 번이나 집을 옮겼는데도 와서 보면 또 이삿짐에 묻혀 와 있었다. 아무런 배경도 없이 베잠방이를 입은, 순박한 매무새의 시골아이 셋이 앉거나 서 있는 그림인데, 흡사 내 어렸을 적 모습을 보는 듯해서 가까이 두고 보고 싶어서였다.

오랜 세월이 흐른 오늘, 나는 이 그림을 들여다보면서 문득 내 어린 시절 고향 친구들의 재잘거림과 뻐꾸기 울음소리가 다시 듣고 싶었지만 들리지 않았다. 혹시나 하고 그림 가까이 귀를 대니 뭔가 십 리 밖 먼 곳에서 은은히 들려오는 소리가 있었다. 그 시절의 봄날, 뻐꾸기가 이명(耳鳴)으로 울고 있었다.

현대의 섬

　푸른 바다에 점점이 떠 있는 섬들은 언제나 말없이 돌아앉아 있다. 그들은 제 자리를 가늠하지 못하고 파도에 밀려 떠돌고 있다. 거센 바닷바람에 부대낀 소나무들은 머리카락이 하얗게 바스러졌거나 허리가 굽었다. 옆을 지나는 호화로운 여객선의 뱃고동 소리에도 아무런 반응이 없는 빈집들뿐이다. 돈을 벌기 위해 대처로 떠나버린 자식들을 기다리며 밭머리에 앉아 있는 노파는 귀가 먹어 아무것도 들리지 않는다. 세상의 끝자락인 듯이 아득히 가물거리고 있는 수평선이 있지만, 귀먹고 눈먼 이들 노파는 시인이 아니라서 그런 풍경이 가슴 저리게 하는 낭만이라는 것을 알지 못한다. 그저 칡뿌리처럼 질긴 목숨에 의지하여 출렁거리는 파도에 흔들리며 살아가고 있을 뿐이다.

　나는 지금 시골 바닷가에 살고 있지만, 서울에 자주 오르내리고 있다. 자녀들이 모두 서울에 살고 있기 때문이기도 하지만 각종 문학행사에 참석하기 위해 힘겨운 나들이를 하고 있다. 하지만 서울은 지난 40년 동안 내 삶의 터전이었기에 고향 못지 않은 의미를 지닌 곳이기도 하다. 하지만, 40년 전과 지금의 서울 풍경은 많이 달라졌다. 60년대만 하더라도 변두리의 외곽지대에는 아직 포장도 되지 않은 길에 흙먼지를 날리며 달리는 여차장은 승객이 다 오르기도 전에 ‘오라잇’을 외쳐대며 만원버스의 출입문에 매달려 있는 나를 향해 “자신 없으면 빨리 내려요.” 하는 그 어기찬 호령에도 불구하고 끝까지 매달려 있었던 슬픈 인내심 덕택으로 40년이라는 긴 세월을 당당한 서울 시민의 한 사람으로 버텨올 수 있었다. 전국의 혹은 세계 여러 나라의 단거리 선수들만이 모인 이 약삭빠른 경기장에서 서커스단 소녀의 누워 통돌리기나 공중그네 건너뛰기 같은 재주나 강심장이 아니고서는 도저히 살아남을 수 없는 아슬아슬했던 서울의 추억을 나는 지금 반추하고 있다. 남보다 언제나 한 걸음 뒤처지게 마련인 나는 결국 약삭빠른 서울의 재주꾼들에게 모든 것을 다 털려 허탈감에 빠지기도 하였다. 이는 적자생존의 당연한 이차이기에 나의 무능을 탓하거나 원망하지 않는다.

시골 갯가의 장마당은 언제나 떠들썩하고 정겹다. 푸성귀를 집어 주는 할머니의 팥시루떡 같은 손등에는 오랜 세월의 모진 삶의 흔적이 닥지닥지 붙어 있지만, 이곳의 바다와 하늘의 색깔이 너무 고와서 오히려 자랑스럽다. 이들이 주고받는 구수한 사투리 속에서 사람이 살아가는 길은 열리고 있다. 그리하여 해질 무렵 섬으로 뭍으로 제각기의 보금자리를 찾아 흩어져 가는 뒷모습들은 슬프도록 행복해 보인다. 이들에게는 무엇 하나 부러운 것도 미운 것도 없다. 그저 있으면 있는 대로 없으면 없는 대로 족하다. 이웃끼리 혹은 사돈끼리 만나면 손잡고 반가울 뿐이다. 다만 이들의 소망은 대처로 돈 벌러 떠난 자식놈들 몸 성히 잘 있기를 바랄 뿐이다. 나는 지금 시골의 갯가에서 따뜻한 인간의 삶의 풍경을 보고 있다.

서울을 비롯한 인근 신흥도시들은 고층건물의 숲 속에서 하늘의 색깔을 알지 못한다. 하늘을 가려 버렸으니 밤에는 별이 뜨지 않는다. 보이지 않으니 뜰 필요가 없다. 별들을 대신하여 길가의 가로등들이 어두운 밤하늘을 밝혀주고 있다. 어린 시절 숲 속의 어둠을 밝혀 주던 반딧불이와 시냇가의 물매미들은 다 어디로 갔을까. 이들이 모두 뭍으로 기어올라와 이렇게 떼지어 밤낮을 가리지 않고 문명의 홍수를 이루고 있는 것은 아닐 것이다. 이 욕망의 무리들이 찾고 있는 것은 도대체 무엇일까. 나는 빤히 알고 있으면서도 이런 짓궂은 물음을 하고 있다.

이곳에 살고 있는 사람들의 태반이 '과대망상증'이거나 '우울증' 환자들이다. 과대망상증은 휘황찬란한 대도시의 궁전에서 볼 수 있는 외적 시각적 현실에서, 우울증은 즐비한 고층아파트의 유리창을 차단하고 있는 우중충한 커튼에서 볼 수 있는 내적 심리적 현상에서라고 할까. 경비원의 인건비를 줄이기 위해 출입이 기계화된 주상복합아파트가 서너 단계를 거쳐야 하는 자물쇠 비밀번호로 인간의 목을 죄어온다. 일반 아파트들도 뒤질세라 바쁜 걸음이다. 기억력이 흐린 노인네들이 갈 곳은 어딘가. 동공의 초점을 잃은 거리의 행인들, 그들은 이미 삶의 방향감각이 마비되어 있다.

나는 지금 시골의 산등성이 아파트 창가에 서서 파도에 밀려 흔들리고 있는 섬을 내려다보고 있다. 대처로 돈 벌러 떠난 자식들을 기다리고 있는 귀먹고 허리 굽은 노파를 생각하고 있다. 그리고 휘황찬란한 물질문명에 매혹되어 파도에 흔들리고 있는 병든 대도시의 섬들이 갈 곳이 어딘가를 생각하고 있다.

아버지에 관한 추억

　아버지 돌아가신 지 30년이 지났다. 그 뒤 15년이 지난 무
더운 한여름에 어머니도 뒤따라 아버지 옆자리에 자리를 잡으
셨다. 평소에 말이 없던 어머니라 옆자리에 함께 하셨지만, 오
랜만에 만난 두 분께서 오순도순 정다운 이야기라도 오갔는지
는 의문이다. 그럴 정도로 주무실 때에도 어머니 목소리는 거
의 들리지 않는, 아버지 일변도의 속삭임이었으니 옆방에서
엿듣고 있던 나도 인생이 이렇게 무심할 수가 있나 하는 생각
이 들 정도였다. 아버지와 어머니는 극과 극의 만남이었다. 그
래서 오히려 궁합이 맞았던 모양이다.

　아버지는 입담이 좋으셨다. 어떤 자리에서도 무궁무진한
화제로 장내를 압도하셨고 익살도 대단했다. 요즘 같으면 많
은 독서량과 연관시켰을 것이지만, 아버지는 옛날 서당 출신
이니 기껏해야 ≪천자문≫이나 ≪동몽선습≫ 정도에서 끝났
을 것이다. 사랑방이거나 동네잔치 마당은 물론이거니와 길
가다 지나는 사람을 붙들고 서서도 이야기의 종류는 여러 갈
래로 번져 나간다.

그래서인지 동네 사람들은 멀리서 아버지 얼굴이 비쳤다 하면 샛길로 빠져 버린다. 한번 붙들렸다 하면 그날 볼일은 죽을 써버리기 때문이다. 비단 동네 사람들뿐이겠는가. 저녁 밥상을 물린 자리에서 우리들은 꼼짝없이 붙잡혀 앉아 인생 강론을 들어야 했다. 대부분 교훈적인 설교이지만, 가다가는 재미있는 이야기도 더러 섞여 나온다. 여기 몇 가지를 소개한다.

옛날 농사를 짓고 사는 한 가난한 농부가 있었는데 두 아들을 두었다. 아버지는 고된 일에 일찍 허리가 굽어 장남인 형이 뒤를 이어 모진 고생 끝에 동생의 학비를 마련하여 교육시킨 보람으로 면서기 자리를 따게 되었다. 일제 시대 시골에서는 이만한 자리라도 개천에서 용 났다는 말을 들을 정도로 그 집 안에는 빛이 났다. 하루는 어디에선가 편지 한 통이 들어와서 저녁 밥상머리에서 읽고 있으려니까, 일자무식인 형이 보기에 하도 대견하고 자랑스러워서 편지를 넘겨다보면서 "얘야, 무엇이라고 쓰여 있느냐?"고 물으니까, 동생이 편지지를 와락 젖히면서 "형님은 봐도 무슨 말인지 몰라요" 하더란다. 형의 가슴을 칼로 도려내는 동생의 매정한 오만을 본다.

시골에서 장사를 하던 사람이 웬만큼 살게 만들어 놓고 불시에 죽었다. 아직도 더 살 나이인데 일찍 가버려서 동네 문상꾼들은 애통해 했다. 삼일장을 치른 후 우연히 길에서 만난 고인의 아들에게 부친 장례는 잘 치렀느냐며 위문을 했더니 가슴에 상장(喪章)을 달고 있는 그가 하는 말인즉, "예, 밑지지는 않았습니다."라고 하더란다. 장사꾼 아들의 말이었다. 돈에 눈이 어두운 세태가 서글프다.

꽁보리밥에 간장으로 끼니를 이어가는 가난한 어떤 농가에 어쩌다가 참게 몇 마리가 생겨 젓을 담아 맛있게 먹었다. 이것을 다 먹고 나면 또 간장 신세가 될 판이어서 시아버지가 궁리 끝에 이런 꾀를 생각해 내었다. 털이 더부룩한 참게 다리 하나를 남겨 실로 묶어 천장에 매달아 놓고는 시아버지가 밥 한 숟갈을 떠서 입에 넣으면 '게다리'라고 며느리더러 말하라고 했다. 이렇게 하여 말소리로만 맛을 보는 며칠이 지난 어느 날, 옆에 앉은 며느리가 졸면서 '게다리' 했는데도 시아버지가 밥숟갈을 떠올리지 않기에 못 들은 줄 알고 또 한 번 '게다리' 했더니 시아버지가 양미간을 찌푸리면서 "아가, 짭다" 하더란다. 가난 속의 익살이 인정스럽다.

우리나라에서 살고 있던 한 중국 사람이 이를 앓아 치과에 가서 빼게 되었다. 얼마냐고 값을 물으니 의사가 하는 말인즉, 하나 빼는 데는 2천 원인데 두 개를 빼면 3천 원이라고 했다. 그 말을 들은 중국 사람이 가만히 생각해 보니 두 개 빼는 것이 하나인 경우보다 천 원이 싸다는 계산이 나왔다. 그래서 그는 멀쩡한 생니를 싼 맛으로 하나 더 빼어 달라고 하더라는 것이다—단 한 푼의 이문에도 몸을 아끼지 않는 중국인의 경제관이 부럽다.

　아버지의 생시의 명당 철학은 좌청룡우백호(左靑龍右白虎)가 아닌, '좌버스우택시'라는 속어까지 유행할 정도로 교통이 편리한 곳이라는 것이다. 오가는 사람들과 만나 이야기하기를 좋아하시는 천하의 입담꾼이었기에 그럴 만도 했다. 그래서 장꾼들의 내왕이 잦은 길가 산비탈에 묏자리를 잡아놓고 돌아가셨다. 심심 산골에 명당이라고 드러누워 있어봤자 요즘 젊은 자식놈들 하나 찾아올 리 없으니, 자가용 타고 오다가 다 쉽게 들여다볼 수 있는 곳이 다름 아닌 명당이라는 결론이었다. 그런데 지난번 도로 확장 공사에 걸려 하마터면 다른 곳으로 이장해야 할 뻔한 위기를 겪기도 했으나, 다행히 아버지 산소의 1미터 직전에서 모면하게 되어 한시름 놓게 되었다. 그러나 도로에 너무 인접한 산소가 시끄럽고 삭막하게 보여 지난번 축대 아래에 개나리를 한 아름 심어 놓았더니 봄 들자 환한 꽃동산이 되어 한결 마음이 놓였다.

　아버지는 5남매 중 맏이였는데 이제 아버지 세대는 다 돌아가시고 올해 85세 되는 막내숙모님 한 분만이 살아 계신다. 그런데 숙모님은 시아버지의 산소를 알 길이 없어 걱정이었다. 옛날의 성묘는 남자들만의 몫이기에 가본 적이 없었기 때문이다. 그래서 인근의 후미진 우복골이라는 기억만 더듬어서 며칠 전 나와 함께 찾아 나섰다. 숙모님이 요즘 부쩍 시아버지의 산소를 찾는 이유를 알 만했다. 산소를 찾아 술 한 잔

올리지 못하고 불쑥 저 세상으로 떠나게 되는 경우, 무슨 면목으로 시아버지를 대할 것이냐는 심사인 듯했다.

나도 어려서 고향을 떠나 모르기는 마찬가지였다. 할아버지의 고향이자 아버지의 성장지가 바로 인근 마을이라고 했지만, 찾는 데는 많은 시간이 걸렸다. 논길 같은 농로를 따라 비틀거리는 승용차는 아슬아슬했다. 간신히 찾아 들어간 곳은 우복골의 마을 회관이었다. 앞마당 양지바른 곳에 대여섯 명의 노파가 앉아 우리 일행을 물끄러미 바라보고 있었다. 나는 아버지의 성함을 대면서 할아버지 산소의 소재를 물었다. 그랬더니 그 중 아흔쯤 되어 보이는 허리 굽은 한 노파가 대뜸 손을 들어 바로 옆의 산자락을 가리켰다. 어떻게 잘 아시느냐고 했더니 잇몸만 남아 입이 합죽한 그 노파는 조용한 웃음으로 부끄럼을 타고 있었다. 옆의 노파들은 서로 눈짓을 하며 히죽히죽 웃고 있었다.

우리는 산비탈의 할아버지 산소에 들러 술잔을 올리고 물러났다. 나는 마을을 벗어나 신작로를 달리고 있으면서도 연신 조용한 웃음으로 부끄럼을 타던 그 노파를 생각하고 있었다. 뒷산 진달래 숲에 나란히 앉아 삶은 감자를 나누어 먹으면서 사랑을 속삭이던 아버지의 소년 시절을 연상하면서.

얄미운 우체국

　‘우체통이 있는 마을풍경’이니 ‘빨간 우체통’, 혹은 ‘반가운 우체부 아저씨’ 등의 수필 제목을 더러 본다. 이는 우리에게 여러 가지 소식을 전해 준다는 실무적인 면에서이기보다는 뭔가에 끌리는 그리움이나 기다림에 대한 포근한 정감에서 붙여진 글의 제목일 것이 분명하다. 봉투에 붙어 있는 우표 그림에 까치가 예쁜 모습으로 앉아 있는 것을 보더라도 위의 제목들에서 보여 주려는 작가의 의도를 우리는 쉽게 짐작할 수 있을 것이다.

　여기 이런 정감 있는 편지글의 예를 한두 개만 들어본다.

　그리 간 후 안부 몰라 하노라. 어찌들 잇는다. 서울 각별한 기별 없고 도적은 물러가니 기꺼하노라. 나도 무사히 잇노라. 다시 곰 좋이 잇거라.

　정유(丁酉) 9월 20일 (선조대왕 친서)

　수일 못 뵈었습니다. 가람 선생께서 난초를 보여 주시겠다고

22일(수) 오후 5시에 그 댁으로 형을 오시게 알려 드리라 하십니다. 그날 그 시에 모든 일 제쳐 놓고 오시오. 청향복욱(淸香馥郁)한 망년회가 될 듯 하니 즐겁지 않으리까.
　　2일 지용 제(弟) (정지용이 이태준에게 보낸 편지)

　앞의 옛날 편지글이나 뒤의 지금 편지글이 모두 마주 앉아 이야기하듯 정겹고 친근함이 손에 잡힐 듯하다.
　그런데 요즘의 우편물은 이런 정감 있는 편지보다는 판에 박은 청첩장 아니면 행사 안내장 그리고 이런저런 신간서적의 기증본이 대부분이다. 그리고 컴퓨터의 전자메일이나 혹은 휴대전화의 문자 메시지로 속결 처분하는 타성적(惰性的) 편리함에 길들여진 때문인지, 인터넷에 올라 있는 젊은 사람들의 연예 정보를 비롯한 각종 글에 대한 댓글이나 혹은 일상 주고받는 편지글을 보면 도대체 이건 어느 나라 말인지도 알 수 없는 은어(隱語)나 속어(俗語) 또는 욕설 투성이여서 어지럽고 불쾌하기까지 하다.

　이 몇 년 사이에 문예지에 발표한 변변찮은 글들을 묶어 《폐선》과 《현대의 섬》 두 권의 수필집을 잇달아 출간했다. 남들이 보면 보잘 것 없는 잡문에 불과하지만, 내 딴에는 온 힘을 다한 나의 살점 같은 글들이다. 그런데 이것들을 엮어 책을 만들기보다 더 어렵고 힘 드는 일이 기증본 발송이다. 하기야 나도 많은 기증본을 받았으니 그 고마움을 갚아야 하지 않겠는가. 신세를 진 문인이나 친지들의 명단을 뽑아 책 속에 한 사람 한 사람 정성껏 사인을 한 다음 봉투에 넣은, 한 짐의 책 봉투를 차에 싣고 우체국에 갔더니 100권 이상일 경우 정가의 반액으로 할인해 준다는 선심을 내세워 지역별로 우편번호를 분류해 달라는 주문이다.

그래서 곧장 우체국 시멘트 바닥에 엎드린 채 한참 동안 이런 고역을 치르고서 발송이 끝난 다음 며칠이 지나서 다시 점검해 보면 그냥 눈감아버릴 수 없는 문우들의 빠진 이름이 계속 불거져 나온다. 그래서 다시 누락된 여러분의 책봉투를 안고 우체국을 찾았는데 손님이 많이 한참을 기다리다 발송 담당 직원에게 내밀었더니 대뜸 하는 말인즉, 등기물이냐고 앞질러 물었다. 그래서 나는 보통우편이라고 했더니 일반서적 우편물은 요즘 하도 분실사고가 많아서 그것에 대한 책임은 우리가 질 수 없다며 등기를 권하는 것이었다. 일반우편으로 하면 권당 1천원 남짓이면 되는 것을 등기우편일 경우는 2천원이 넘는다. 50대 중반으로 보이는, 바싹 마른 담당 남자직원은 얼굴 표정 하나 바꾸지 않고 너무나도 당당한 말투였다. 지금까지 그런 공갈은 한 번도 들어본 적이 없었는데, 이 며칠 사이에 돌변한 의외의 처사에 나는 놀라기보다 어처구니가 없어서 책봉투를 되받아 들고 우체국을 나와 버렸다. 우체국 수입을 올리기 위한 아이디어가 기껏 이것인가 싶었다. 누가 봐도 속이 빤히 들여다보이는 술책을 그는 태연히 강요하고 있었다.

　그 뒷날 나는 다시 그 책봉투를 들고 인근의 다른 우체국을 찾아갔다. 소포 발송물이 많아서 정신없이 허덕이고 있는 우편물 창구의 젊은 담당직원을 바라보고 있던 지국장이 일을 도울 양으로 자리에서 일어나 걸어 나오더니 내 우편물을 받으면서 대뜸 등기냐고 물었다. 그러면서 내 대답은 듣지도 않고 '빠른 등기'로 할 거냐고 했다. 그것도 내일 오전에 닿는 것과 오후에 닿는, 각각 요금이 다른 두 가지 종류가 있다면서 어느 쪽을 하겠느냐는 것이었다. '도둑을 피하면 강도를 만난다'더니 어제 들른 우체국보다 한 술을 더 떴다. 다 찌그러진 늙은이쯤이야 하고 만만하게 보았던 모양이다. 나는 머리가 멍해지면서 피가 거꾸로 솟구쳤지만 꾹 참고 책을 다시 받아들고는 집으로 돌아왔다. 동일한 수법의 이 처사는 한 곳이 아니고 보니 이는 틀림없이 수입을 올리기 위한 윗선의 지시에 따른, 이 관내 우체국의 공통한 비상대책임이 틀림없었다.

　지금의 부동산 중개업소를 우리 조상은 예로부터 '복덕방(福德房)'이라고 불러 오듯이 우체국도 반가운 소식을 우리에게 전해 준다는 의미에서 '까치방'이라고 부르면 어떨까 싶도록 정겹고 친근한 관청이 아닌가. 하지만 세상인심은 마음 같지 않아 글머리에서 예로 든 따뜻하고 정겨운 편지글이 자꾸만 생각나고 그리워지는 요즘이다. 그래서 나는 서투른 글씨와 문장이긴 하지만, 또박또박 저간의 소식을 펜으로 써서 우체국을 찾다가 이런 뜻밖의 변을 당한 뒤부터는 발걸음을 뚝 끊어버렸다. 그리고는 어쩔 수 없이 싸늘한 컴퓨터 앞에 앉아

토닥토닥 닭 모이 쪼아 먹는 시늉을 하며 현대문명의 최첨단을 걷는 문화인이 되어 한두 줄의 이메일로 끝내 버린다.

가뜩이나 어지럽고 삭막한 세상에 어느 곳보다 친근해야 할 관청인 우체국마저 우리를 버렸으니 안타깝고 슬픈 일이다.

초등학교 국어교과서에 보이는 그림에, 눈이 하얗게 쌓인 언덕길을 두툼한 편지가방을 메고 힘들게 걸어 올라가던 우체부 아저씨의 뒷모습이 새삼 생각나니 나도 이제 돌아가신 외할아버지만큼 나이가 들었나 보다.

오늘도 걷는다마는

장마가 들어 날씨가 우중충한 데다 소금기 머금은 바닷바람으로 몸이 끈끈해서 일도 손에 잡히지 않고 하도 무료해서, 심심파적으로 내 일상의 메모장을 뒤적거려 봤더니 이런 메모들이 눈에 띄어 순서 없이 몇 점 골라 봤다.

산다화(山茶花)는 겨울철에 맨 먼저 피는 꽃으로 동백과 꽃모양이나 색깔은 비슷한데 송이가 작고 무성한 잎들 속에 숨어서 핀다. 산다화는 여수 향일암(向日庵) 가는 도로변에 많이 피어 있고, 동백꽃은 오동도에 무더기로 피어 벼랑 아래 나는 갈매기와 바닷물을 붉게 물들인다. 이들 꽃은 3월 들면서 서서히 지고, 4월에는 영취산의 진달래가 떠나간 임을 그리워하며 진한 술을 담근다. 그러나 나는 심장병으로 가슴이 아파 산에 오르지 못해 집에 앉아서, 구경하고 돌아온 사람들의 이야기를 들으며 봄을 보낸다.

아침에 우는 새는 배가 고파서 울고, 밤에 우는 새는 임이 그리워서 운다더니, 오늘처럼 부슬부슬 늦겨울 비가 내리는 날은 친구들과 둘러앉아 돼지똥창 구워 먹던, 지난 시절이 그리워 눈물 난다. 왜냐하면 성질 급한 친구들은 이미 저세상으로 떠나버렸고, 아직 남아 잇는 친구들은 늘그막에 용돈이 떨어져 집에 드러누워 열 번도 더 읽은 〈춘향전(春香傳)〉을 뒤적거리고 있을 것이니 하는 말이다. 하지만, 나는 이곳 값싸고 맛있는 '간장게장' 덕분으로 태평성대 만수무강이다.

추석이 며칠 지난 뒤 나는 버스 타고 서울 일보러 갔다. 건어물 보따리에 떡 상자를 든, 이빨 빠진 돌산 할머니들도 같은 차로 갔다.

"서울에 누가 있소?"

"아들한테 가는디 공사장에서 일하다가 허리를 다쳐 추석에 못 와서 떡 좀 싸갖고 내가 올라가요."

"할머니는 코트가 참 좋소."

"그라요? 서울 사는 우리 딸이 작년에 사준 거이요."

시골 할머니들의 대화가 무척 정겨웠다.

눈 속에 피는 꽃이라고 '설중매(雪中梅)'인가. 눈 내린 우리 아파트 정원에 서 있는 매화나무도 밥알 같은 꽃을 하얗게 달고 있었는데, 오후의 차가운 바람에 덜고 있는 양이 안쓰러웠다. 내일은 또 전국에 눈이 올 것이라는 예보다. 크리스마스가 지난 지도 오래됐는데 날씨가 왜 이러는지 모르겠다. 김광균은 시 〈설야(雪夜)〉에서 이렇게 노래했다.

머언 데서 여인의 옷 벗는 소리

이제는 눈 때문에 먹고 살기도 힘들고, 교통사고만 자꾸 일어나는 판에 누가 그런 볼 간지러운 소리 듣고 싶다고 했나? 그래도 좋아하는 사람은 꾸준히 좋아한다.

여기는 남쪽이지만 바닷바람이 세게 불어 춥다. 그러면서 겨우내 입고 다니던 코트가 무거워진 걸 보면 봄은 봄인가 보다. 뒷길 돌담에는 개나리가 노랗다. 바람 그치고 추위가 누그러지면 다음 주에는 섬진강변의 매화와 구례 산수유 꽃구경을 가야겠다.

친구를 만나 시내에서 점심을 먹고 바닷가를 돌아 집으로 오는데, 세찬 바닷바람 때문인지 갈매기가 반쯤 뒤집어져 날고 있었다. 갈매기는 숨이 차고 괴로웠겠지만, 내가 보기에는 그 폼이 요즘 우리나라 수필에서 흔히 말하는 '낯설게 하기'로 아주 새롭고 멋있었다.

동네 목욕탕에 갔더니 소주에 삼겹살이랑 오리고기를 많이 먹어서 그런지 배가 불룩하게 튀어나온 사람들이 많이 보였다. 목욕탕에도 봄이 왔다. 어른 올챙이들이 물웅덩이에 모여 앉아 재미있게 이야기하며 놀고 있었다. 모두 발가벗고 있으니 누가 국회의원인지 누가 땅꾼인지 분간할 수가 없었다. 밖에 나가서도 모두 에덴동산에서처럼 발가벗고 사이좋게 살았으면 좋겠다.

어선 뒤만 따라다니는 갈매기들은 배가 고파 그런가 싶어 불쌍하게 보였는데, 유람선 뒤만 따라다니는 갈매기들은 멋있고 낭만적으로 보였다. 그런데 자세히 보니 양쪽을 번갈아 왔다 갔다 하는 놈들도 있었다. 그 녀석들은 '금강산도 식후경'이라는 속담의 속뜻을 잘 파악한 실속파들이다.

어제의 뜨거운 지열 때문인지 오늘 아침에는 안개가 자욱하여 그야말로 오리무중(五里霧中)이다. 한 치 앞을 예측할 수 없는 요즘 세상이다. 많은 사람들이 아침저녁으로 교회에도 가고 절에도 가고 혹은 골방에 쪼그려 앉아 마음을 갈고 닦지만, 별다른 반응이 없어 그저 남의 눈치만 보고 산다. 오늘도 어디선가 예쁜 새소리가 아닌, 이빨 가는 소리가 들려오니 간이 작은 나는 밥을 먹다가도 깜짝깜짝 놀란다. 그래서 나는 오다가다 한의원에 들러 침을 맞는다.

'길을 가다 보면 소도 만나고 중도 만난다'는 속담이 있다. 이는 인생살이의 다양함과 어려움을 뜻함일 것이다. 오늘은 사월 초파일 부처님 오신 날이다. 이렇게 좋은 날 근처 어디서 범종 소리라도 들려올 것만 같았는데 그것이 아니었다. 전후 좌우로 벽보 도배를 한 선거방송 승합차가 산마루 아파트 동네에까지 기어올라 와서 그 성능 좋은 확성기로 일 잘하는 소에게 한 표 찍어 달라고 소리소리 질러댄다. 앞에 말한 속담이 생각난다. 오늘 나는 중도 만나고 소도 만났다.

오늘도 걷는다마는 정처 없는 이 발길이다. 한하운은 시 〈전라도 길〉에서 이렇게 노래했다.

가도 가도 붉은 황토길

숨 막히는 더위뿐이더라.

하지만, "빚 없이 밥 먹고 살아갈 수만 있다면 성공한 인생인 줄 알아라"라고 하시던 선친의 간곡한 유언에 따라 나는 좋은 글로 삶의 빚을 갚기 위해 밤낮으로 책상 앞에 쪼그려 앉아 끙끙대고 있다.

김 시인과 난(蘭) 화분

시골의 꽃밭은 대부분의 경우 장독대를 둘러싼 그 주변의 좁은 공간이다. 거기에는 보기 좋고 값나가는 꽃들이 다투어 어우러진 것도 아니요, 시골의 어느 집에서나 흔히 볼 수 있는 그저 그런 것들이다. 채송화를 비롯하여 봉숭아꽃, 접시꽃, 분꽃, 나팔꽃 등이며, 어느 집에서는 좁은 장독대 사이에 수탉 볏 모양의 불그죽죽한 맨드라미 한두 개가 더 서 있는 정도이다. 이는 내 어렸을 적 시골 우리 집 장독대 주변의 꽃밭에 대한 기억을 더듬어 말한 것일 뿐이다.

난(蘭)은 흔히 선비에 비유되는 화초다. 하지만 난이라고 다 그런 것이 아니고 보면, 팔기 위해 말끔히 다듬어서 진열해 놓은 꽃집의 그것보다는 청빈한 서생의 책상머리에 연적(硯滴)과 함께 놓여 있는, 정갈한 난의 모습을 두고 하는 말일 것이다.

내가 난초를 처음 접하기는 중학시절 친구들과 심심풀이로 집어든 화투장에서이다. 화투장에 그려져 있는 꽃들 중에 2월의 매화, 3월의 벚꽃 그리고 9월의 국화 등 모두가 예쁘고 색깔 고운 꽃으로 마음에 들었지만, 5월의 난초는 꽃도 별것 아닌 데다 일요일 오후 친구들과의 담배내기에서도 번번이 반갑잖은 껍질들끼리만 맞아떨어지는 판이어서 나에게는 좋은 인상으로 남아 있는 화초가 아니었다.

김 시인은 내가 시골로 내려와 살면서 이곳 문협 모임에서 알게 된 사람이다. 그를 만나면 언제나 입에는 담배가 물려 있었고, 가까이 가면 술 냄새가 풍겨왔다. 나이가 예순이 되도록 제 집 한 칸 없이 셋집이나 학교 관사로 이삿짐을 짊어지고 다니면서 가난 속에서 시와 함께 살아오고 있는 사람이라는 것이 주변 사람들의 말이었다. 자신은 나름대로 할 말이 많겠지만 속사정이야 어떻든 바싹 마른, 큰 키에 약간 앞으로 굽은 허리는 시든 난초 잎이 연상되는 모습이어서 보기에 안쓰러웠다.

이곳 문협에서는 매년 여름철 행사로 산수 좋은 고장이거나 이름난 유적지를 찾아 문학기행을 다녀온다. 어느 해인지는 기억이 분명하지 않지만 완도에 있는 '장보고'의 영화촬영 세트장을 찾아 구경을 하고 집으로 돌아오는 길에 고속도로 휴게소에 들러 모두들 잠깐 쉬는 동안에 김 시인과 함께 용변을 마치고 오다 보니 금방 옆에 있던 그가 행방불명이 되어버렸다. 차를 타고 오는 도중에도 계속 소주를 마시고 있었기에 걱정이 되던 참이다. 여기저기 휴게소 광장을 뒤지다가 발견한 곳은 생판 낯선, 다른 관광버스 일행들과 어울려 즉흥 춤판이 한바탕 벌어져 있는 자리에서였다.

술과 시는 그의 삶이요, 가다가 가끔씩 곁들여지는, 이런 자리의 즉흥 춤판은 흥겹고도 눈물 나는 그의 삶의 한 토막 천연색 풍경이다.

하루는 뜻밖에도 김 시인이 우리 집에 놀러 오겠다는 전화가 걸려왔다. 나는 그의 '술친구도 아닌데…' 하면서도 집에서 담근 매실주를 준비해 놓고 기다리고 있었더니 젊은 시인 한 사람과 함께 찾아왔다.

"이것, 오다가 하나 샀는데, 향이 어떨지는 모르겠네요."

어른 주먹만한 난 화분을 마루에 내려놓으면서 아파트 유리창 너머로 선창가에 떠 있는 바다를 내려다보고 서 있었다.

"갈매기가 날고 있네요. 저것들은 밤에 어디서 자는고."

술상 앞에 앉은 김 시인의 얼굴에는 알 수 없는 미소가 번지면서 혈색이 돌았다. 이때가 그에게는 가장 행복한 순간이던가. 그가 잔을 들어 한 잔 마시더니 옆에 앉아 있는 내 손을 잡았다.

"정년퇴직하면 들어가 살려고 지금 화양면 바닷가에 집을 짓고 있는데, 저녁놀이 고우니 때를 잡아 정 선생님 한번 초청할 게요."

그런 뒤 몇 달 동안이나 소식이 없어 수소문했더니 김 시인은 말기 간암 투병생활을 하고 있다는 말을 듣고, 이곳 삼일면 산동네에 있는 그의 동생 집을 엄 수필가와 함께 찾아갔다. 시내에서 떨어져 있는 낯선 변두리 마을이라 길 가는 촌로에게 물어 간신히 찾아간 집은 산 중턱에 새로 지은 그의 동생 집이라고 했는데, 오랜만에 보는 산동네 풍경이 정겹고 한적해서 좋았다.

나는 그의 시 한 구절이 생각났다.

> 찬 서리 속에 핀
> 국화 향 한 줌을
> 이 가을바람에 실어 보내오니
> 독작(獨酌)으로 버린 속을
> 잠시나마 달래시고
> 두 사람
> 기약(期約)없는 만남일랑
> 그저 눈감아 주시옵기를.
> ─〈안부(安否)〉 중에서

하루는 김 시인이 두고 간 거실 진열대 위의 난 화분을 집사람이 물끄러미 들여다보고 있더니 조용한 소리로 말했다.

"난이 병이 들었는지 잎이 시들었네요. 베란다에 내다놓을까요?"

김 시인이 투병생활을 하고 있던 삼일면 산동네로 문병 갔

다 온 뒤 두 달이 채 안 되는 어느 날 오후, 나는 그의 부고전화
를 받았다.

　노랗게 시든, 김 시인이 두고 간 난 화분을 돌아다보며 나는
병원 영안실을 찾아 문상하고 돌아왔다. 윤기 잃은 난의 앞선
죽음이 그와의 결별(訣別)을 예고해 주었던가. 사람의 눈에는
보이지 않지만, 끼리끼리의 정분과 인연은 사람이건 화초건
은연중에 닿아 있는 모양이다.
　"가다가 심심하면 길섶에 앉아 그 좋아하던 소주라도 한 잔
하고 가세요."

다시 보는 나의 꽃길

　매일 신문에 실리는 '오늘의 운세'를 몇 년 동안 계속 봐 오다가 한동안 중단했다. 왜냐면 한 번도 제대로 맞는 날이 없었기 때문이다. 그래도 혹시나 하고 불안한 마음에서 끊지 못하고 남모르게 봐온 것이 10년이 지났다.

　그런데 요즘 나는 '운세'보다 '꿈'쪽을 더 신뢰하게 되었다. '오늘의 운세'는 나이가 같은 '띠'별로 묶어 한 보따리로 처리하는 패키지 투어 같은 것이지만, 꿈은 내 한 사람만을 위한, 내가 직접 목격한 하룻밤의 드라마이기 때문이다. 하기야 처음도 끝도 없는 한 토막의 환영(幻影)이기는 하지만….

　그야 어떻든 간밤의 꿈이 맞아떨어진 저간의 에피소드를 먼저 여기 소개할까 한다.

　아래는 틀니를 해 넣어서 밥을 먹을 때 김치 깍두기나 혹은 생선 대가리를 깨무는 데는 별로 지장이 없지만, 운전을 오랜 시간 하다 보면 목이 말라 옆에 둔 검 통을 열어 한 알 입에 넣어 씹으면 그놈은 즉각 틀니를 물고 올라온다. 언젠가 승용

차를 동승하고 가던 친구가 그런 애로를 말하기에 그럼 틀니를 빼놓고 씹으면 되지 않겠느냐고 말했더니 그 친구의 주먹이 순식간에 내 머리 위를 날았다.

그런데 또 세월이 흘러 윗니마저 탈이 나서 며칠 사이에 양쪽의 어금니가 아리기 시작했다. 그래서 두통, 치통, 생리통에 먹는 알약을 약방에서 사 먹었더니 조금 수그러지긴 했지만, 안전성을 확인하기 위해 혓바닥을 밀어 올려 시험해 봤더니 이제는 전후좌우로 자유롭게 흔들리고 있었다. 위의 양쪽 어금니가 모두 빠지고 나면 산토끼 모양의 앞니 두세 개로 식사를 해야 할 판이니 앞날이 난감했다. 그렇다면 위쪽에도 틀니를 해 넣으면 되지 않겠느냐고 주위에서는 쉽게들 말하지만, 돈이 있으면 무엇 때문에 그런 걱정을 하겠는가. 며칠을 두고 신경을 쓰다 보니 드디어 이가 홀랑 빠지는 꿈을 꾸고 말았다. 옛날 어른들은 이가 빠지는 꿈을 꾸면 집안에 흉사가 생긴다고 했는데 다행히도 그런 일은 없었지만, 아니나 다를까 예상했던 변고가 생기고 말았다. 저녁 밥상에 앉아 묵은 김치를 넣어 만든 돼지고기 찌개를 먹고 있는데 무엇인가 입안에서 뱅뱅 돌면서 입속의 볼을 간질이는 것이 있었다. 나는 돼지 껍질 토막으로만 알고 연신 매콤한 찌개의 맛을 즐기고 있었는데 그것이 아니었다. 아무래도 미심쩍어 뱉어 봤더니 한평생 희로애락을 함께했던 어금니였다.

또한 바로 얼마 전의 일이다. 홍수를 만나 생사를 예측할 수 없는 흙탕물에 떠서 허우적거리며 헤엄을 치고 있다가 잠이 깬 간밤의 꿈은 속이 개운치 않았다. 그래서 긴장감을 늦추지 못한 채 종일 집안에서 꾸물대다가 저녁 무렵에야 모종의 월례회에 참석했다. 모임에는 으레 술잔이 돌게 마련이어서 자칫 친ㄱ 사이에 안 좋은 일이 생길까 봐 조심하는 가운데 간신히 모임을 마치고 헤어졌다.

모임을 마친 나는 언제나처럼 집으로 가는 길목에 있는 친구 한 사람을 내려 주고 가는데, 날이 흐린 데다 차 속에 김이 서려 앞이 잘 보이지 않아 유리를 닦는 그 잠깐 사이에 간밤의 흉몽이 바로 적중해버렸다. 중앙선을 넘어 내 앞으로 달려오는 승용차를 발견하는 순간 나는 정신을 잃고 말았다. 내 차의 왼쪽 범퍼를 치고 튕겨 나가던 무법의 운전자는 잠시 후에 나에게로 다가왔다. 내 차를 정면으로 들이받았으면 어떻게 됐을까 싶었다. 나는 한여름의 소나기를 맞은 초라한 수캐처럼 머리를 털고 정신을 가다듬었다.

"내가 밤눈이 좀 어두워서…."

사고의 운전자가 처음에는 이렇게 말하다가

"요즘 몸이 안 좋아서…."로 얼른 말을 바꾸어 횡설수설하고 있었다.

"밤눈이 어둡거나 몸이 안 좋으면 운전을 안 해야 할 것 아니오?"

내가 겁먹은 눈으로 목소리를 높였더니

"차를 고쳐 준다고 하는데 무슨 말이 그리 많아요?" 하며 대뜸 나를 덮어 누르려 했다. 어떤 일을 저질렀을 때 목소리 큰 사람이 이긴다는 한국 사회의 통념이 이 자리에서도 그대로 작용했다. 나와 동승하고 가던 친구는 그 사고 운전자와 잘 아는 사이라며 이 고장 시의원을 지낸 사람이라고 했다. 기고만장한 전직 시의원의 적반하장(賊反荷杖)에 나는 할 말을 잃고 말았다. 다음 날 알아보니 이 고장에서 그의 몰염치와 무질서의 경력을 모르는 사람이 없었다. 이틀 뒤 그 무법자의 말대로 자동차 공업사를 거쳐 나온 내 차의 앞 범퍼는 그전보다 빛을 내고 있었지만, 내 심장의 범퍼는 움푹 오그라든 채 허탈감에 빠져 있었다. 하마터면 이승을 뜰 뻔했다는, 아슬아슬했던 체험담을 친구들에게 말했더니 당장 이런 반응이 돌아왔다.

"자네 지난번에 고향 산소를 단장한다더니 조상 덕 봤네!"

매년 4월 청명 한식이면 고향의 부모님 산소에 가서 말 그대로 묘를 보살피는 성묘를 하고 오는데 올해의 4월 성묘는 예년과는 다른, 각별한 의미의 성묘길이었다.

나는 오늘 고향의 부모님 산소에 다녀왔다.

매년 이 무렵의 하동(河東)읍내에서 화개(花開) 쌍계사(雙溪寺)까지의 섬진강을 끼고 도는 굽이굽이 30리 내 고향의 벚꽃길이 오늘 따라 눈물 나게 아름다웠다.

나는 오늘 부모님 묘 앞에 꿇어 엎드려 이렇게 속삭였다.

"아버님, 어머님! 저를 이 세상에 며칠 더 머무를 수 있게 마음 써 주셔서 정말 고맙습니다. 문학의 길에 들어서서 미처 이루지 못한, 좋은 수필 한 편 남기고 가는 것이 제 소원이었는데, 그걸 어떻게 알고 계셨네요.”

산소가 바로 길가에 있어서 오고가는 길손들 보기 좋으라고 몇 년 전 묘소 앞 축대에 개나리 가지를 한 아름 꺾어 심어 놨더니, 이제는 노란 꽃들이 한바탕 어우러져 햇볕 포근한 봄날의 시골길을 더욱 정겹게 만들어 주었다.

만년(晩年)의 눈물

순천에서 여순반란사건을 겪을 뒤 6·25를 전후한 7·8년을 우리 가족은 여수에서 살고 있었다. 그 당시 나의 아버지는 여수 천일고무 공장의 남원특약점을 맡아 많은 돈을 벌었다. 남원에서 2·3일 동안의 수금을 하고 집으로 돌아오실 때 나는 언제나 역으로 아버지의 마중을 나갔다. 대합실을 나오는 아버지의 한쪽 어깨는 위로 치켜 올려져 있었다. 처음 나간 마중에서 나는 아버지의 힘겨운 걸음을 바라보며 '고구마나 땅콩 따위는 이곳에도 많은데' 하고 의아해하면서 얼른 불룩한 마대자루를 받아들었다.

"아버지 이거 무엇입니까?"

아버지는 이마의 땀을 닦으시면서 묵묵히 나의 뒤를 따랐다. 그 뒤 여러 차례 역으로 마중을 나갔지만 변함없는 부피의 마대자루는 힘겨워하는 아버지의 손에 끌려오고 있었다. 그 당시에만 해도 화폐가치가 신문지 뭉치 정도였던 모양이다. 내가 받아 든 마대자루 속에는 지폐가 가득 담겨 있었다.

그런 호황 속에서 6·25가 터져 남원에 쌓아 둔 고무신 창고

가 폭격을 당하여 우리 가족은 순식간에 빈손이 되어 아버지
는 며칠을 뜬눈으로 밤을 새우고 있었다. 그 무렵 나는 부산
동대신동에 천막으로 차려 놓은 피난대학에 들락거리고 있었
지만, 하숙비 마련이 어려워 부산으로 여수로 한 달 걸러 내왕
하고 있었다.

그런 상황 속에서 대학 강의를 듣고 있던 어느 날 오후 뜻밖
에 아버지가 나를 찾아 왔다. 아버지의 호주머니에서 끄집어
낸 종이조각은 입영소집영장이었다. 대학 재학증명서를 첨부
하면 징집연기를 시켜 주던 때였다. 아버지와 나는 곧바로 대
학본부 교무처로 찾아 들어갔지만 담당직원이 외출 중이어서
오늘은 불가능하다는 것이었다. 내일까지 구비서류를 제출하
지 않으면 마감시일이 지나 부득이 입대를 해야 한다는 사정도
어쩔 수 없었다. 어렵고 속상했을 때 흔히 겪을 수 있었던 아버
지 특유의 세찬 콧김은 옆에 앉아 있는 나의 손등을 뜨겁게
달구고 있었다. 그러나 아버지의 초조와 흥분도 잠깐이었다.
담배에 불을 붙인 아버지의 굳은 표정은 서서히 누그러지면
서 소집영장과는 아무런 상관도 없는 옛날이야기를 시작하였
다. 젊었을 시절의 고생담과 사이사이에 한국적 이솝우화까
지 곁들이고 있는 사이에 한 직원이 벌떡 일어서더니 서류상
자의 자물쇠를 망치로 두들기고 있었다. 나는 터져 나오려는
웃음을 간신히 참기는 했지만, 그 사람들은 아버지의 전략적
인 화술에 속절없이 감동하고 만 것이다. 빨간 인주로 눌러

찍은 직인 자국이 분명한 재학 증명서를 받아 든 아버지와 나
는 여수로 가는 밤배에 올랐다. 아버지는 선실의 벽에 기댄
채 졸고 있었고, 검은 물살을 가르며 내닫고 있는 숨찬 뱃전에
는 달빛이 하얗게 부서지고 있었다.

국도나 지방도로를 지나다가 산비탈에 유부초밥처럼 아담
하게 다듬어져 있는 동그란 뫼의 봉분을 보면 부러웠다. 자손
들의 따뜻한 손길과 조상에 대한 정성이 엿뵈어서이다. 매장
으로 인한 산림 훼손에 대한 못마땅함은 남 못지 않으면서도
나의 경우를 생각하면 마음에 걸려 안타까웠다.

올해가 아버지 탄신 100주년이 되는 해이다. 몇 년 전에 아
버지 산소의 흙을 새로 갈고 잔디를 심었지만 잡초가 우거지
기는 마찬가지였다. 서울 생활에서 틈을 내지 못한 우리 형제
들의 무성의 탓이기는 하지만 감독하는 사람이 없는 작업책임
자의 속임수에 결국 헛일이 되고 말았다.

일반적으로 추석 성묘 전에 한 번 정도의 벌초면 될 일이지
만 아버지 산소는 그렇질 못했다. 장마가 끝난 8월 초순경이면
벌써 잡초에 뒤덮여 있었다. 서울 생활을 마치고 고향 가까운
시골로 내려와 있는 내 마음의 한 구석에서 아버지의 산소 일
이 항상 걸려 있었다. 그래서 나는 잔디 전문가를 불러 공사를
상의했더니 산소의 주변 환경이나 토질이 워낙 박토(薄土)이
어서 효과 없는 일이라고 잘라 말했다. 어쩔 수 없는 일이었다.

아버지는 6·25로 인한 여수에서의 삶의 낭패를 정리하고 다시 고향으로 되돌아 와서 조그만 양조장을 운영하시다가 갑자기 뇌졸중으로 돌아가셨다. 그 무렵 군에서 제대하고 돌아와 아버지의 일을 몇 년 동안 돕고 있던 동생과 서울에 있는 형님 사이의 유산 싸움은 뜻밖의 가정불화로 불이 붙었다. 그들 사이에서의 나의 중간 조정 역할도 아무런 도움이 되지 못한 채 갈등은 거세지기만 하였다. 그로 인한 폭음으로 동생은 마흔의 짧은 삶을 마감했고, 형님은 장남이란 권위와 욕심을 한 아름 안은 채 우리들 곁은 떠난 지 20년이란 세월을 한 번도 만나지 못한 채 아픈 가슴을 쓰다듬고 있다. 한 집안의 운명은 맏며느리의 도량(度量)에 따라 좌우된다는 진리를 나는 지금 절감하고 있다. 아니나 다를까 우리 집안은 하루아침에 무너지고 말았다. 하지만, 다정다감했던 형님의 소년 시절을 나는 가끔 생각한다.

신작로에서 산소로 올라가는 본래의 지름길이 있었는데 잡목이 우거져 요즘은 산등성이 길로 돌아가고 있다. 그래서 이번에 그런 불편을 덜기 위해 동생들과의 상의도 없이 본래의 길에 계단을 만들기로 작정하고 내 단독의 경제적 부담으로 작업을 시작했다. 아버지 탄신 100주년을 맞아 뭔가 한 가지라도 마음의 빚을 갚고자 하는 부모님에 대한 간절한 소망 때문이었다. 그런데 작업책임자의 표정이 예사롭지 않았다. 산주(山主)의 허락도 없는 삽질에 노발대발이었다는 것이다. "본래의 오름길에 조금 손질을 한 것뿐인데…" 하고 양해를

말했지만 막무가내였다. 계단길 부분의 값을 치러 주겠다고
해도 들어주지 않았다. 아버지 산소의 50미터 정도 위쪽에 새
로 쓴 묘가 하나 보였다. 그것이 이 산주의 묘라고 했다. 그분
에게 음양오행 사상에 의한 풍수지리설은 절대적인 것이었다.
원상복귀하지 않으면 법대로 하겠다는 것이 그의 핏발 선 주
장이었다. 고향의 친척 도움을 청해 애원했지만 잇금도 들어
가지 않는 오기였다. 어찌할 도리 없는 원상복귀로 결론을 지
은 다음 날 다시 달려온 나는, 뜯어낸 계단 자리의 뻘건 흙이
드러나 있는 뒷자리에서 엄습해 오는 허탈감을 차마 견디기
어려웠다. 법과 풍수지리설 앞에서는 숨도 제대로 쉬지 못하
게 된 고향 인심의 각박함, '고향에 고향에 돌아와도 그리던
하늘만이 높푸르구나.' 정지용의 시 〈고향〉을 떠올려 보았지
만 그날따라 검은 구름이 고향 하늘을 무겁게 덮고 있었다.
　아내와 나는 엉성하게 자라고 있는 산소의 벌초를 대충 마치
고 나서 술잔을 올리고 엎드려 절을 하면서 이렇게 속삭였다.
　'보잘것없는 것이나마 마지막으로 부모님 은혜에 보답하려
한 것이 오히려 마음을 상하게 만들고 말았습니다. 저희 불효
를 용서하십시오.'
　별안간 콧등이 시큰해지더니 뜨거운 물이 볼을 타고 흘러
내렸다. 아내는 어머니 무덤 옆에 쓸쓸히 앉아 잡풀을 뽑고
있었다.

숙부님의 투망(投網)

　지금은 간척지로 변하여 벼이삭이 출렁거리고 있지만, 내가 어렸을 때는 밀물이 마을 앞 방파제까지 들어차서 꼬마들의 서툰 헤엄 솜씨로 짠 바닷물을 들이켜기도 했던 곳이다. 썰물일 때는 선창에서 1킬로 이상이나 물이 빠져 도래섬 뒤켠까지 갯벌이 드러나 바지락이며 꼬막 등속의 조개를 한 바구니씩 긁어오던 조그만 포구에서 나는 소년시절을 보냈다.

　아버님의 형제는 넷이었는데 그 중 둘째 숙부님과 성격이나 사고방식이 가장 가까워서 서로 만나 담소하는 횟수가 가장 많았다. 그러다 보니 나도 그 숙부님의 심부름도 자주 하게 되었고 바닷물이 밀려드는 밀물 때에는 투망을 둘러멘 숙부님을 따라 갯바닥을 이리저리 뛰어다니며 투망에 걸린 바닷고기들을 바구니에 집어담는 밑일꾼 역할을 민첩하게 해내기도 하였다. 다시 말하면 밀물이 들기 전에 일찍 갯벌 멀리까지 나가 기다리고 있다가 바닷물이 발바닥을 간질이며 하얀 거품을 물고 빠글거리는 소리와 함께 시속 5킬로 정도의 속도로 밀려드는 그 순간에는 여기저기에서 밀물의 선발대인 숭어 새끼가

뛰기 시작한다. 몸이 말라 가뿐한 숙부님은 그놈들을 놓칠세
라 연달아 투망을 던졌다. 낙하산처럼 동그랗게 하늘로 퍼졌
다가 내려앉는 순간 숭어 새끼들은 그물을 찢을 듯이 뛰기 시
작한다. 물은 발목까지 차올라서 어디다가 그물을 펼쳐 놓고
그놈들을 잡아낼 수도 없는 급박한 상황이다. 도망치려고 튀
다가 그물코에 목이 걸린 놈들의 머리를 숙부님은 이빨로 깨
무는 작업이 시작된다. 그 순간의 모습은 바로 사나운 표범이
도망치는 노루 새끼를 낚아채어 물어뜯는 광경이라고 할까.
바구니를 들고 서서 구경을 하고 있던 순진한 소년은 숙부님
의 그 용감성과 민첩성이 존경스럽기까지 하였다. 집에 와서
양철대야에 부어 놓은 숭어 새끼들은 모조리 머리가 깨뭉개져
있었고 피를 흘리고 있는 놈도 있었다. 그 뒤에도 몇 번 따라
갔었는데, 변함없이 많은 숭어 새끼들의 머리는 숙부님의 날
카로운 이빨에 깨물리고 있었다.

　해방 직후 경남 하동에서 순천으로 이사한 우리 집은 3,4년
이후 다시 여수로 옮겼다. 그때 나는 서울에서 대학을 다니고
있었는데, 여름방학 때 집에 와서 보니 예의 투망선수 아내인
숙모님이 하동에서 여수로 건너와 제중병원에 입원을 하고 있
었다. 평소에 건강했던 숙모님이었는데, 의아해 사유를 물었
더니 임신중절 수술을 받았다는 것이다. 그때 병원 입원실에
서 시중들고 있던 그의 누나 등에 업혀 있던 꼬마둥이 사내아
이가 숙부님의 막내였다. 그 무렵 숙모님의 연세가 45세 정도
라고 했는데, 위로 딸 다섯과 그 아래는 아들이 둘로 모두 5녀

2남의 다산이었다. 그래서였는지 아버님과 상의하여 중절시키기로 한 것이 이런 결과를 가져오고 말았다. 뱃속에서 들어낸 아이는 쌍둥이 사내아이였다는 것이다. 사내아이 둘을 두었으니 이제 단산해도 괜찮지 않겠느냐는 결단으로 저지른 끝이 이런 비극으로 끝난 셈이다. 중절 후의 육체적인 후유증에 쌍둥이 아들을 놓친 심적 고통이 겹쳐 치명적인 결과를 불러오고 말았다. 숙부님은 땅을 치며 통곡했고, 아버님은 그 옆에서 숨죽인 오열로 소맷자락을 쥐어뜯고 있었다. 아버님의 권유로 이루어진 일이었기 때문이다.

7남매의 슬픔과 아픔의 상처가 채 아물기도 전에 숙부님은 재혼을 했다. 숙부님의 허전한 마음을 빨리 돌려주기 위한 아버님의 계산이었으리라. 하지만 그것은 숙부님에 대한 형제애의 배려였을 뿐, 새엄마에 대한 아이들의 반발과 증오는 날이 갈수록 심해져서 걷잡을 수 없는 갈등과 알력의 암운이 온 집안을 뒤덮고 있었다.

그 후 나는 결혼을 하여 서울로 직장을 옮겼고, 대학 2년생인 숙부님의 장남은 나의 집에서 한동안 묵게 되었다. 얼마 후 곧 하숙으로 나갔지만, 나의 집으로 자주 찾아와서 요즘 생겼다는 그의 애인 자랑도 서슴없이 할 정도로 활달하고 명랑한 성격이었다. 그런 중에 암담한 집안 이야기도 가끔 비치기는 했지만, 하루아침에 이런 종말을 가져올 줄은 몰랐다. 경찰관의 뒤를 따라 우이동 산골짜기에 가서 나는 거적을 덮고 누워 있는 그의 시체를 보았다. 그 옆에는 그의 애인이라는 여자의 주검도 나란히 누워 있었다. 나는 산에서 내려오면서 숙부님의 투망과 그 날카로운 이빨을 떠올렸다.

숙모님의 입원 당시 그의 누나 등에 업혀 있었던 숙부님의 차남은 대학을 나와 서울에서 회사에 나가고 있었다. 그의 형과는 성격이 달라 차분하고 조용한 편이었다. 한마디로 성실하고 착한 성품이라고 할까. 언제 보아도 편안한 인상을 주는 모범적인 회사원이었다. 그런데도 그가 집에 돌아오면 직장의 정리해고를 걱정하며 잠자리에서 밤늦도록 뒤척이곤 하더라는 것이다. 소심한 모범사원의 기우였을까. 그런데 이변은 또 닥치고 말았다. 토요일 퇴근 후 집 근처 정구장에서 운동하다가 갑자기 쓰러져서 구급차에 실려 병원으로 갔다는 전화가 걸려왔다. 선걸음으로 달려갔지만 그의 시신은 하얀 천에 덮여 있었다. 마흔 한 살에 딸만 셋을 남기고 그의 형을 따라 그도 떠났다. 그의 죽음은 숙부님이 위암으로 떠난 몇 년 뒤의 일이었다. 한 아들의 요절만 보고 떠나기 망정이지 하마터면 두 번째 요절의 아픔까지 겪을 뻔한 숙부님의 비운이 그런 중 다행으로 생각되었다.

고향 산소의 숙부님 무덤 아래 묻어 주고 내려오면서 나는 또 한 번 숙부님의 투망을 떠올렸다. 투망에 걸려 파닥거리던 숭어 새끼들의 머리를 깨물던 그 날카로운 이빨의 의미를 나는 어떻게 풀어야 할지 머리가 멍했다.

그 사람을 다시 생각한다

　　사람됨을 겉모습만 보고 판단하기는 어려운 일이다. 말끔한 얼굴을 하고 돌아서면 남을 헐뜯고 욕질하는 사람이 있는가 하면, 생김새는 험상궂은데 착하고 진실한 사람을 보기도 한다. 타고 난 인품도 있지만 살아가면서 교양을 쌓아 주변의 존경을 받는 사람도 있다. 요즘같이 어지럽고 험악한 세상을 살아가자니 뜻밖의 속임을 당하는 사람이 있는가 하면 교묘한 말솜씨로 남의 혼을 빼어 자기 배를 불리는 재주꾼도 많다. 한평생을 아침저녁으로 만나 어울리는 친구 중에도 그런 사람이 있는가 하면, 오다가다 한두 번 만난 자리에서도 착하고 진실한 사람을 만나기도 한다. 겉모양과 속마음이 같은 사람을 만나기란 정말 어려운 일이다.

　　문인 예술가 중에서도 그런 사람을 더러 본다. 이들은 모두 세속의 욕심을 버리고 곱고 착하게 살아가고자 하는 사람으로 알고 있다. 그런데 문인을 예로 들어 보더라도 글과 사람이 전혀 다른 것을 발견하고 실망하는 경우를 가끔 본다.

　　중학 3학년 때의 국사 선생님은 박식하기도 하지만, 수업

시간 중에 딴전을 보는 학생들을 위해 구수한 옛이야기를 잘 하시는 분이었다. 이미 앞에서 착하고 진실함을 말했으니, 50여 년 전 국사 시간에 들은 이야기가 아직도 잊혀지지 않아 여기 잠깐 소개하고자 한다.

옛날 시골 어느 마을에 대지주가 살고 있었는데, 소작인을 구하기 위해 광고를 했다. 그 소식을 들은 지망자가 하루아침에 대여섯 명이나 지주 집으로 몰려들었다. 그런데 한 사람만 필요한 지주는 난감했다. 요즘 같으면 학과고사나 체능시험으로 적임자를 선발하면 될 일이지만 별다른 방법이 없었다.
"이렇게 모두 아침 일찍들 왔는데, 당장 결정할 수 없으니 아침밥이나 먹고 돌아가시오. 곧 통지하리다."
지주양반은 아침상을 준비하라고 말한 뒤에 세상 돌아가는 이야기를 하면서 그들의 응답에 따라 속으로 채점을 하고 있었다. 그러던 중에 밥상이 들어와 둘러앉아 밥을 먹고 있던 중 우연한 사실을 발견하였다. 정미소가 없는 시골의 쌀 속에는 벼 껍질이 벗겨지지 않은 니가 드문드문 밥 속에 섞여 있었다. 다른 사람들은 니를 입안에서 오물오물 골라 밥상 위에 뱉어 내는데 그 중 한 사람은 그 니를 골라 입안에서 껍질을 벗겨 조심스레 손바닥에 뱉어 내는 것을 보고 있던 지주는 속 마음으로 결정을 내렸다. 몸은 왜소하고 용모도 별로 볼 것 없었지만, 그 사소한 행위에서 그 사람의 성실함과 진실성을 발견하여 소작인으로 결정했다는 이야기였다.

나도 어깨가 처지도록 오랜 세월을 살아오는 동안에 숱한 사기를 당해 현기증을 느낀 적이 한두 번이 아니었다. 하늘과 바다는 예나 지금이나 푸르기만 한데, 사람의 마음은 많이 변했다. 아파트 베란다에 앉혀 놓은 보잘 것 없는 화분에서는 모진 겨울을 겪으면서 철이 되면 고운 봄을 피운다. 나는 말없는 꽃들에게서 삶의 아름다움과 진실을 배운다. 그리하여 나도 그들을 닮아 보려고 애를 써보지만, 발걸음이 더디기만 하다.

국사 시간에 들은 그 소작인은 오래 전에 세상을 떴을 것이다. 그리하여 한적한 어느 시골 산기슭에서 들꽃처럼 묻혀 살아가고 있을 것이다. 내 마음속에 오래도록 남아 있는 옛날이야기가 새삼스럽게 다시 생각나는 요즘이다.

사라진 여름철 매미소리와 낭만

나의 서재는 바다가 바라보이는 앞쪽이 아니라 산바람이 불어오는 뒷골방이다. 그래서 글 쓸 때 말고도 시원한 산바람을 쐬기 위해 서재에 자주 앉는다. 멍하게 산을 바라보고 있노라니 유리창에 매미가 한 마리 날아와 붙더니 속 터지게 울어댄다. 시원한 숲을 앞에다 두고 하필이면 아파트 창틀인가. 요즘에는 등산객들도 많다. 주말이나 휴일에는 가족 동반 등산이 많지만 평일에는 주부들이 서너 명씩 짝을 지어 재잘거리며 산에 오른다. 이제는 시내보다 산이 더 시끄럽다. 그래서 매미들이 사람들의 소음을 피해 산에서 내려와 분노를 터뜨린다. 골이 울리도록 쉬지 않고 소리를 질러댄다. 그렇다고 그 녀석을 쫓아버릴 수도 없다. 내가 피하는 도리밖에 없다. 그래서 거실로 나와 베란다에 기대어 바다를 내려다보고 있는데 시끄럽기는 마찬가지다. 앞쪽 유리창에도 왕매미가 한 마리 붙어 소리를 질러댄다.

옛날의 매미 소리는 여름철의 낭만이었다. 하지만 요즘은 독서를 방해하는 소음공해다. 시끄러워서 못 견디겠다. 가뜩이나 머리가 굳어 막히기만 하는 글이 그놈들 때문에 좀체 풀리지를 않는다.

나는 작년부터 서울로 올라가 명절 차례를 지내고 시골로 내려온다. 동생이나 자녀들이 모두 서울에서 살고 있기 때문이다. 그래서 나는 이번 태풍을 서울에서 텔레비전 화면을 통해 겪었다. 이를 통해 이번의 태풍 이름이 '매미'라는 것을 알았다. 여름내 나의 신경을 자극하던 그놈이 바로 오늘의 이 매서운 태풍의 징조였구나 하는 생각이 들었다. 유리창에 붙어 소리 지르던 그 녀석들의 위력이 이렇게 대단한 줄을 미처 몰랐다. 제주도를 비롯한 남쪽 해안 일대를 강타하고 있는 장면은 스릴 있는 영화의 한 장면이 아니라 이것은 온몸이 죄어드는 공포의 현실이다. 산등성이의 아파트가 송두리째 날아가 버릴 것 같은 위력이다. 작년의 태풍은 금년의 이것에 비교될 바는 아니지만, 불안한 마음을 참다못해 같은 동에 사는 친구에게 전화로 알아봤더니 무사하다는 답변이었다. 그러나 이는 나만의 문제인가. 서울의 하늘은 조용했지만 잠을 이룰 수가 없었다. 친척이나 이웃들에 대한 걱정 때문이었다.

남쪽 해안 일대의 도시나 섬들은 매년 겪는 일이다. 서울의 사람 홍수를 피해 한적한 이곳으로 찾아왔더니 웬 날벼락인가. 작년 이맘때의 태풍도 예사로운 것이 아니었다. 나와 아내는 말할 것도 없거니와 서울에서 이곳의 자연경관 구경하러 내려왔던 딸은 정말 별스런 풍경을 감상하고 돌아갔다.

두 번 다시 회상할 일은 아니지만, 너무나도 두렵고 충격적인 사건이었기에 작년의 공포를 돌이켜 본다. 태풍은 무서운 자연현상이란 것만 알고 있을 뿐, 과학에 무식한 나는 그에 대한 상식적인 지식이라도 가지고 있어야 할 것 같아서 참고 서적을 뒤져보았더니 이렇게 설명되어 있었다.

북태평양 남서부에서 발생하여 우리나라, 필리핀, 중국 등지를 내습하는, 폭풍우를 수반한 맹렬한 열대 저기압

태풍에 대한 설명을 보면 그저 초등학생의 기말고사 대비용 지식밖에는 안 되어 보이는 시시한 요것이 이토록 사람의 간장을 얼어붙게 만들고 있다. 자연의 횡포 앞에 인간의 존재가 얼마나 보잘 것 없는 것인지 새삼 돌아보게 한다.

작년의 경우 금년 태풍의 초속(初速)에는 도저히 따를 수 없는 것이었지만, 나의 경우 피해는 더 컸다. 높은 지대에 자리 잡고 있다는 것이 문제가 아니라 태풍의 진로에 따라 피해도 달라지게 된다는 것을 이번에 알았다. 이번의 경우에는 베란다가 있는 바다 쪽이 아니라 산이 있는 뒤쪽이었기 때문에 주방 쪽의 자그마한 창들은 그 강력한 태풍에도 버텨낼 수 있었던 것이다. 그러나 작년의 경우 바다 쪽에서 밀어붙이는 태풍은 그 큰 베란다의 유리창을 타원형으로 휘어지게 만들면서

창틀이 금시에라도 튀어나올 듯이 덜커덕거렸다. 나와 아내는 그 창틀을 붙들고 서서 부들부들 떨면서 하나님에게 구원을 요청했다. 평소에 교회는 나에게 완전한 소외지대였지만, 어쩔 수 없었다. 그런데 나중에 알게 된 사실이지만, 그때 유리창이 강풍에 견디지 못하여 박살이 났더라면 아내와 나는 전신에 유리조각이 박혀 저세상으로 떠났을 것이라는 친구들의 아슬아슬한 후일담이다. 그러나 붙들고 떨다 못해 거실로 들어와 잠깐 쉬는 동안에 아무렇지도 않던 그 옆 유리 창틀이 벗겨지면서 유리창이 박살이 나서 강풍과 함께 유리 조각이 거실에까지 튀어 들어와 나는 뜬눈으로 아수라왕이 제석천(帝釋天)과 싸운 마당인 수라장(修羅場)을 목격했다. 아내는 옆에서 계속 떨고 있었고, 딸은 한쪽 구석에 서서 합장한 채 기도하고 있었다. 그런 공포도 한 시간 남짓, 딸의 기도 덕분인지 바람은 수그러지기 시작했다. 두근거리는 심장을 억제하지 못해 청심환을 찾았지만 보이지 않아 괜할 활명수를 한 병 들이켰더니 그나마 마음이 조금 가라앉았다.

태풍이 지나간 며칠 뒤 나는 서울에서 집으로 내려왔다. 바다 가까운 저지대인 주택가와 시장 주변에는 쓰레기가 산더미로 쌓여 있었다. 바닷물이 만조(滿潮) 때의 폭우로 일어난 역류현상이 그 원인이었다. 오동도와 바닷가에 있는 횟집이나 상가를 덮친 파도에다 전기합선으로 인한 화재까지 발생한 식당들은 까맣게 그을린 동굴로 변해 있었다. 돌산 일대의 비닐

하우스들은 앙상한 뼈대만 남아 엿가락처럼 휘어진 철골은 원
시동물의 잔해를 보는 듯이 삭막했다. 바다에는 갈가리 찢긴
양식장의 어망들이 일그러진 어민들의 슬픔을 안고 저녁놀과
함께 저물어가고 있었다.

현대의 첨단과학은 핵폭탄 등 인간 살육의 기술만 연구할
뿐, 태풍의 눈을 녹여 이런 참사를 사전에 예방할 수 있는 연
구는 왜 외면하고 있는지 안타깝기만 하다.

그 무섭던 날은 가고 계절은 바뀌고 있다. 지난날은 슬프고
괴로웠지만, 다시 열리는 내일은 밝고 즐거워야 할 것이다.
하늘이 인간의 오만에 분노하게 해서야 되겠는가. '매미'소리
는 소년 시절 여름철의 낭만으로 되돌아가 주었으면 하는 바
람이다.

고향의 시냇물 소리

시골에서 서울로 직장을 옮겨 맨 처음 자리를 잡은 곳이 서울의 가장 북쪽인 수유리이다. 1960년대 중반이었으니까 미아리에서 우이동까지는 아직 도로포장도 안 된 먼지 날리는 시골길이었다. 이곳을 시발로 하여 돈암동을 거쳐 연희동, 그리고 동부이촌동을 마지막으로 서울을 벗어나 분당으로 옮긴 그 동안의 세월이 40년 가까이 흘렀다. 그러고 보니 내 인생의 절반을 각박한 서울 바닥에서 보낸 셈이다.

나의 최종 직장이 노량진에 있을 때의 일이다. 점심시간이면 단골로 찾아가는 음식점이 있었는데, 그 집을 조금 못 미친 골목으로 접어드는 지점에 이르면 으레 졸졸거리며 흐르는 시냇물 소리가 들려오곤 하였다. 도심의 한복판에 웬 시냇물 소리인가 하고 두리번거렸지만 알아낼 길이 없어 그냥 지나치기만 한 며칠 만에 소리의 근원지를 찾아내게 되었다.

하지만 그 순간 나는 허탈감에 빠져 한동안 그 자리에 멍하게 서 있었다. 목욕탕에서 흘려보내는 물이 길옆 하수구를 타고 제법 고향의 시냇물 소리를 내며 흐르고 있는 것이 아닌가.

때는 마침 봄이라 계절에 맞는 그 시냇물 소리에 깜빡 속기는
했지만, 잠깐이나마 어린 시절 고향의 정취에 젖게 해 준 목욕
탕 주인이 얼마나 정겹고 고마웠는지 모른다.

나는 지금 계곡의 시냇물 소리를 들으며 시골에 살고 있다.
하지만 가끔 서울의 하수구 시냇물 소리가 그리운 때도 있다.

멈춘 염불(念佛)

순천에 있는 송광사는 정말 오랜만에 찾았다. 내가 순천중학 2학년 때 이곳에 소풍 온 이후 처음이니 50년이 훨씬 지난 셈이다. 그때 담임선생의 이름은 안오균(安五均)이었고, 모 대학교 문리대 독문과 3학년에 재학 당시 학비 조달이 어려워 이곳에 와서 잠깐 머물면서 영어를 가르친 분이다. 칼날처럼 날카로운 콧날에 광복 직후여서 그랬는지는 모르지만, 일본 군복을 개조한 듯한 옷차림으로 학교 기숙사에서 학생들과 함께 생활해 온 초라한 행색 때문에 우리들은 그를 고지키 헤이타이(乞食兵隊), 즉 거지병정이라고 부르고 있다. 그의 영어 수업은 철저한 암기법으로, 그에 따르지 못하는 나이 많은 학생들이 몽둥이 타작으로 골병이 들어 이를 갈며 보복의 기회만 노리고 있는 친구들도 있었다.

보기만 해도 한기(寒氣)가 들어 오싹할 정도로 무서웠던 그 총각 담임선생이 송광사에서의 하룻밤 여흥 시간에 부른 노래는 기어이 우리들의 눈시울을 젖게 하고 말았다. "해는 져서 어두운데 찾아오는 사람 없어"로 시작되는, 곡목은 기억이 안

나지만 이런 가사의 동요였다. 저토록 싸늘한 강철 심장에 어쩌면 저런 정감이 담겨 있었을까 하고 순진한 2학년 1반 학생 전원은 단체로 손을 꼬옥 잡고 슬프게 울어 주었다.

　여름 방학이 되면 서울에 있는 손자 손녀들이 떼를 지어 바다를 찾아 여수로 몰려온다. 여수의 돌산을 비롯한 오동도며 무술목, 방죽포해수욕장 등 도시에 사는 아이들에게는 보는 것마다 예외 없이 신비롭고 아름다운 풍경들이다. 그러나 아름다운 바다 풍경도 한두 번이지 싶어 새로 선정한 곳이 순천의 송광사와 선암사였다. 몇 십 년 만에 찾는 송광사는 입구의 계곡부터 생소하여 한 군데도 옛날의 기억을 되살리게 해 주는 곳이 없었다. 약 30분 정도를 걸어 대웅전 앞에 당도하였을 때 나는 옛날 소풍 와서 하룻밤을 머물렀던 그 건물부터 먼저 찾았지만 보이지 않았다. 대웅전 바로 건너편의 건물이었다는 기억만이 뚜렷하여 두리번거렸더니 그 건물에는 박물관 간판이 붙어 있었다. 운동장만큼 넓어 보였는데, 지금은 사랑채 정도의 옹색하게 보이는 공간이었다.
　박물관 뒤편에 있는 옹달샘에서 시원한 물 한 모금을 하고 돌아서려는데 박물관 뒷벽에 붙어 있는 시 한 수가 눈에 띄었다.
　"세상 사람들은 더위를 못 참아 미칠 듯이 날뛰어도
　참선하는 스님은 꼼짝 않고 앉아 있네."
　숨이 막힐 것 같은 무더위에 웃옷을 벗었다 입었다 하는 내 자신이 별안간 초라하게 느껴져 그 시 앞에서 잠깐 근신(謹身)

의 묵념을 하고 물러났다. 그러고는 대웅전 옆의 법당에서 목탁을 두들기며 정오(正午)의 염불을 하고 있는 스님의 모습을 구경하고 서 있는데, 3·4명의 초등학생들이 내 옆에서 계속 장난을 하며 떠들고 있었다. '초등학교 선머슴 아이들은 바다로 가서 마음껏 떠들어야지 사찰의 도량(道場)으로는 가지 말라고 방학식을 할 때 담임선생님의 주의가 마땅히 있어야 하는 건데' 하고 스님의 눈치를 살피며 마음이 불안스러웠는데, 아니나 다를까 염불을 하던 스님이 고개를 돌리며 조용히 하라고 소리를 질렀다. 나는 그 순간 박물관 뒷벽에 붙어 있는 그 시 한 구절이 떠올랐다.

'참선하는 스님은 꼼짝 않고 앉아 있네.'

이 시의 작가는 백낙천(白樂天)으로 적혀 있었는데, 중국 스님의 수도하는 자세와 우리나라의 그것은 이만한 정도의 차이가 있구나 싶었다. 꼬마들의 떠드는 소리와 더위에 염불을 멈추고 고개를 돌려 소리를 지르던 그 스님의 얼굴에서 나는 사바(娑婆)의 번뇌를 다시 한 번 보았다.

"복사꽃 고운 뺨에 아롱질 듯 두 방울이야

세사에 시달려도 번뇌는 별빛이라."

조지훈의 <승무>는 결국 시에서 끝나야 할 것으로 나는 결론지어 버렸다.

해탈(解脫)하기란 한여름의 더위를 참는 일만큼이나 힘겨운 사실임을 나는 이번 여름에 알게 되었다.

된장찌개집 주인

고급 요정이나 일반 음식점 할 것 없이 실내 장식용으로 격언이나 잠언(箴言)을 적은 현판이나 족자를 걸어 놓은 것을 흔히 본다. 글의 종류나 내용도 음식점에 따라 달라서 주문한 음식이 식탁에 올 때까지 앉아 기다리는 지루함을 덜어 주기도 한다.

"인내는 쓰나 열매는 달다." 이는 청진동 어느 해장국집 벽에 붙어 있는 것으로 해장국 맛까지 떨어지게 한 유치한 장식이었고, 광화문 어느 불고기집에는 이런 글이 액자 속에 들어있었다.

"공부가 도를 이루기 전에 남에게 자랑하려고 한갓 말재주만 부려서 서로 이기려고만 하는 것은 변소에 단청하는 것과 같다." 공부하는 것은 본래 제 성품을 닦는 것이거늘 남에게 보이기 위한 공부가 되어서는 안 된다는 내용인 듯한데, 앞의 해장국 집 글보다는 격이 한 단계 오르기는 했지만, 글 가운데 '변소'라는 말이 기분에 걸려 음식점 장식용으로는 점수가 깎이는 선정(選定)이었다.

값이 싼 대중음식점에서 한 단계 올라 불고기집으로, 그리고 고급 요정으로 올라갈수록 한글로 된 글은 어려운 한문으로 자리가 바뀐다. 예컨대, 도연명의 귀거래사(歸去來辭)나 이백의 산중답속인(山中答俗人) 등속의 한시 병풍이 한쪽 벽을 온통 차지하여 근엄하게 버티고 있지만, 우리들의 눈은 한 구절도 못 읽어서 이내 피로하여 지쳐 버린다. 무엇보다 음식 맛이 첫째이기는 하지만, 같은 값이면 고객의 마음을 즐겁고 편안하게 해 줄 수 있는 실내 장식에 대한 배려와 위트[機智] 가 따른다면 금상첨화 아니겠는가.

노량진에 있는 옛날 직장 근처에 된장찌개가 입맛을 당기는 대중음식점이 있었는데, 한동안 다른 집으로 다니다가 모처 럼 찾아갔더니 주인이 바뀌었다고 하면서 실내 장식도 사뭇 달라져 있었다. 음식을 주문해 놓고 실내를 두리번거리다가 한쪽 벽에 조그맣게 붙어 있는 글귀 하나를 발견하였다.

"어제도 오시더니 오늘도 오셨군요.

내일 또 오시면 얼마나 좋을까요."

서투른 글씨로 써서 붙여 놓은 이 글귀를 보는 순간 나는 언뜻 노산(鷺山)의 양장시조(兩章時調) <소경되어 지이 다>가 떠올랐다.

"뵈오려 못 뵈는 님 눈감으니 보이시네.

감아야 보이신다면 소경되어 지이다."

노산 버금가는 훌륭한 양장시조격이었다. 이 얼마나 진솔 (眞率)한 가게 주인의 소망인가. 구수한 된장찌개 냄새와 어

우러진 그 글귀의 맛과 멋에 매료되어 주인아저씨를 찾았더
니, 그는 계산대 구석에 앉아 졸고 있었다.

길 잃은 요트

운수 안 좋은 날

요즘 지방에서도 동사무소의 옛날 건물은 버리고 반듯한 현
대식 건물을 지어 동민들의 건강과 여가선용을 위해 여러 가
지 프로그램을 만들어 문화생활에 이바지하고 있다. 에어로
빅, 요가, 노래교실 등 다양한데 같은 아파트에 사는 주부들의
권유로 집사람도 한 종목 고른 것이 노래교실이다. 몸에 헛살
이 많아 이를 털어내기 위한 뛰기 운동을 고를 줄 알았는데,
함부로 뛰다가는 오히려 생명을 단축시킬까 봐 편안하고 즐거
운 노래교실에 신청을 했다는 것이다. 그것도 한 주일에 두
번씩 나가야 하니 교회의 구역예배를 비롯하여 각종 계모임,
동창회 모임 등으로 늘그막의 스케줄이 빈틈없이 빡빡했다.

신청한 인원수는 30명 정도라는데, 출석하는 사람은 불과
15,6명 정도라고 한다. 출석하는 사람은 대부분이 젊은층이고
나이가 지긋한 노인은 몇 사람 안 되지만, 서로 어울리는 재미
로 열심히 다니고 있다고 했다. 어떤 종류의 노래냐니까 요즘
텔레비전이나 라디오에서 흘러나오는 대중가요를 총망라한
것이라고 했다. 이것도 예술이라고 각자의 소질에 따라 가창

의 우열이 가려지니 나이에는 관계없다고 했다. 나이가 많은 할머니도 신카나리아처럼 잘 부르는 사람이 있는가 하면, 젊은 아가씨도 곡조의 기복이 순조롭지 못해서 고양이 배 앓는 소리를 내는 사람도 있다고 했다. 그러면 당신의 전문 레퍼토리는 무엇이냐니까 '그 겨울의 찻집'이라고 주저 없이 답했지만, 나는 한 번도 들어본 적이 없으니 무어라 할 말이 없다. 그러나 황혼의 문턱에 서 있는 늙은 아내의 노래 솜씨를 따져 무엇 하겠는가. '네 박자'면 어떻고 '부산 갈매기'면 어떠랴.

그런데 동사무소 문화센터로 다니는 젊은 사람들은 모두 자가용 운전인데, 나이가 많은 할머니들은 터덕터덕 걷는 인생이니 처량해서 눈물 나더라며 나더러 좀 태워다 달라는 하소연이었다.

지난번에 한번은 같은 아파트의 이웃 아가씨가 고맙게도 태워다 주더라면서 젊고 노래도 잘 하고 얼굴도 예쁘게 생겼더라며 칭찬이 대단했다.

"그 아가씨 나한테 좀 소개해 줄 수 없어?"

불쑥 한 마디 한 것이 불똥이 튀어, 지금 나는 아내한테서 밥 얻어먹기가 어렵게 되어버렸다. 아침에 신문에서 본 '오늘의 운세'가 언뜻 생각났다.

'말을 조심하라. 자칫하면 날벼락을 맞을 수.'

가는 세월

　나이가 들다 보니 오다가다 길에서나 시장에서나 친구를 만나면 젊었을 때와는 분위기가 사뭇 다르다. 하얀 머리카락이 강바람에 날리는 갈대가 되어 화창한 봄날 길에서 만나도 추억처럼 슬프기만 하다.

　잠깐 안부를 묻고 돌아서서 10미터쯤 가다 보면 그 친구의 아내가 빛바랜 양산을 쓰고 어정거리며 뒤따라가고 있다. 우리 세대에는 아직도 부부유별의 조선조 도덕률이 질서를 잡고 있구나 하는 생각을 하니 웃음이 나왔지만, 건널목의 파랑불이 깜박거리고 있어 나는 얼른 웃음을 거두고 길을 건넜다.

　나는 파랑불이 꺼지기 전에 건너편 길에 올라서기 위해 서둘렀지만, 내 뒤를 따라오던 중절모의 차양이 말려 올라간 어떤 시골 노인은 차야 오든 가든 상관할 것 없이 생사를 초월한 여유로운 걸음이었다. 예로부터 상놈들이 뛰지 양반은 뛰지 않는다는 것이 그의 도덕률인 듯했다. 허리가 30도 정도 앞으로 굽은 것으로 보아 우리 세대보다도 한 걸음 앞선 나이인 듯했지만, 허리 굽은 각도만이 나이를 측정하는, 절대적인 기준은 아니지 않는가.

그렇다면 허리병으로 진작부터 30도 정도 앞으로 굽은 내 친구는 어느 세대에 편입시켜야 할 것인가. 하지만, 그 친구는 길을 걸을 때에는 친구들의 체면을 생각해서인지 언제나 우리보다 한 걸음을 뒤로 늦춘다. 그러면서도 식당에 들어가면 언제나 밥값은 자기가 앞서서 내니 참 귀엽고도 불쌍하다.

며칠 전 길을 가다가 격조했던 친구를 만나 그와 가장 가까웠던 친구의 안부를 물었더니 자기도 오랫동안 못 만났다면서 오히려 나에게 되묻고 있었다.

"그 친구 아직 안 죽었냐?"

나는 그 순간 그의 매정스러움에 콧등이 시큰했지만, 바쁜 일이 있다면서 악수도 없이 기약 없는 작별을 했다.

산천도 변하고, 인걸도 가고 없다.

동기동창 모임에는 해마다 인원이 줄어들어 썰렁하다.

이제 이 모임은 만날 친구가 없어서 금년 안으로 문을 닫아야 할 것 같다.

가는 세월을 어떻게 하겠는가.

늦가을의 길 잃은 요트

산등성이 아파트에서 내려다보니 늦가을의 앞바다에 갈매기들이 하얗게 날고 있었다. 다시 눈을 비비고 보니 하얀 돛을 올린, 외씨만큼 가늘고 자그마한 요트들이었다.

열 두세 척이 줄을 지어 나들이를 하고 있었는데, 그 가운데 한 놈은 자꾸 엉뚱한 방향으로 흐르며 헤매고 있었다. 다른 놈들은 익숙한 솜씨로 바람을 안고 바로 앞의 갯마을을 돌아서 다 지나가고 안 보이는데, 이 녀석은 혼자 떨어져 계속 이리저리 헤매고 있었다. 장난 부리는 것이 아니라 아직 솜씨가 서툴러 보였다. 넓고 거친 바다에서 혼자 떨어져 얼마나 속이 탔을까 싶어 불쌍한 생각이 들었다.

나는 베란다 창문에 기대어 저 나를 닮은, 늦가을의 길 잃은 요트를 한참 내려다보고 서 있었다. 그러다가 다리가 아파 의자에 앉아서 구경했다. 외출한 집사람이 돌아올 시간은 아직도 멀었다. 배는 안 고팠지만, 온 산에 단풍이 고운 오늘 같은 날, 혼자 집을 보면서 너무 외롭고 심심했다.

무성영화

결국 낙향하고 말았지만, 처자를 거느린 지 십 년이 넘도록 남의 집 신세로 세월을 보낸 그 친구 집에 놀러 갔었다. 주인 방 바로 옆에 딸린 단칸 셋방살이였다.

얘기하는 우리들 옆에서 그 친구의 어린놈들이 뭔가 조심스럽게 장난을 하고 있었다.

그런데 갑자기 후다닥하는 소리와 함께 한 놈이 밖으로 튀었다. 나머지 한 놈은 뒤로 약간 넘어진 채 천장을 쳐다보고 입만 딱 벌리고 있었다. 웃고 있는 줄로만 알았는데, 볼을 타고 눈물이 흘러내리고 있었다.

"셋방살이를 오래 하다 보니 애들이 저 모양이 되어 버렸네."

쓸쓸히 웃음을 지으며 내뱉는 친구의 말이었다.

나는 어렸을 때 가설극장에서 본 무성영화를 연상했다.

내 곁의 이런 사람들

여행이나 혹은 집안일을 보기 위해 기차역이나 버스터미널 대합실에 앉아 있으면, 이런저런 사람 사는 모습들이 더러 눈에 띈다.

언젠가 급한 일이 생겨 서울 가기 위해 아침 일찍 여수역에 나갔더니 이른 시간의 열차들은 모두 떠나버려서 다음 차는 한참을 기다려야 했다. 그래서 밖으로 나가 바람이나 쐬려고 하다가 대합실 의자에 앉아 있었더니 내 옆 자리에 웬 누더기 뭉치가 쿵하고 소리를 내며 주저앉았다. 놀라 돌아보니 배낭을 멘 할머니였다. 무거운 배낭에 깔린 할머니는 누더기보다 더 남루한 몰골로 숨을 몰아쉬고 있었다.

"할머니, 이건 웬 짐인가요?"

"서울 우리 아들한테 가요. 나는 여기 섬에 사는디 양태랑 우럭 말린 것하고 우리 밭에서 캔 고구마도 좀 쌌소."

일흔이 넘은 듯한 할머니의 잇몸에는 두세 개의 이가 남아 있었다.

많은 도시 사람들은 건강과 낭만을 위해 별장을 지어 갈매기와 함께 섬에서 살기를 소원한다. 그러나 이 섬 할머니는 건강이며 낭만이 무슨 뜻인 줄도 모르면서 지금까지 섬에서 살아왔다. 갈매기들은 살다가 외로워 떠나버리면 그만이지만, 섬사람들은 죽음보다 더한 가난을 안고 한평생을 여기서 살아야 한다.

"아들네 집에 가면 서울 구경도 하고 좀 쉬었다 오시겠네요?"

"며느리도 공장에 나간께 하룻밤만 자고 올라요."

추석을 서울 자식들 집에서 지낸 뒷날의 강남고속버스터미널에는 많은 사람들로 붐비고 있었다. 행선지 안내판을 보니 전국 어느 지방이든 안 가는 곳이 없었다. 나는 여수행 출구 앞 벤치에 앉아 출발시간을 기다리고 있는데, 옆자리에서 뭔가 옥신각신하는 소란스러움에 무심코 돌아보니 벤치에 앉아 있는 초로의 할머니와 40대로 보이는 젊은 여인과의 신경전이 벌어져 있었다.

"할머니, 따님이 주는 용돈인 것 같은데 받으세요."

옆에서 보고 있던 나는 얼른 짐작이 가서 한마디 거들었더니 얼굴이 까맣게 그을린 그 초로의 할머니 눈에는 금세 눈물이 어려 있었다.

이곳의 어떤 건설회사 현장에서 일을 하고 있는 사위의 생활 형편이 안쓰러워 장모님이 때때로 이고 오는 시골의 농사 보따리가 고마워서 사위가 전하는 용돈봉투 때문이었다.

“이 사람들도 살기가 팍팍한디 내가 어찌 이 돈을 받겠소?”

“그래도 받으세요. 그게 다 서로 주고받는 정 아닌가요. 사위가 참 착한 사람이네요.”

구겨진 용돈봉투를 쥔 따님은 고개를 돌려 먼 산을 바라보고 서 있었다. 나는 시골 사람들과 함께 시골 가는 버스에 앉아 지금쯤 산등성이의 수수밭을 맴돌고 있을, 예쁜 고추잠자리의 가을 풍경을 눈앞에 그리고 있었다.

영감이 아직 살았소?

　나는 재래시장에 구경하러 잘 간다. 이는 어려서부터의 버릇이어서 고치질 못하고 있지만, 정년퇴직을 한 지도 오래된 이 나이에 별로 할 일도 없고 해서 구태여 고치려고 하지도 않는다.

　심심할 때면 집사람을 따라 시장 구경을 가는데, 혼자서도 잘 간다. 바닷가에 사는 사람들은 생선회를 좋아하지만, 나는 그보다는 생선구이를 더 좋아한다. 그래서 싱싱한 생선이 없을 때는 소금 간을 잘해서 깨끗하게 말린 민어나 양태 또는 우럭 등속을 사서 구워먹다 보니 여기저기 시장 할머니들과 낯이 익어 찾아가면 반갑다고 인사도 잘 한다.

　그런데 소금 간을 한 건어물구이도 한두 번이지 계속하다 보면 물려서 싱싱한 생선 생각이 나기도 한다. 맛있는 생선구이라고 하면 이 지방에서는 어느 것보다 '군풍성이'를 으뜸으로 친다.

　기왕 화제에 오른 '군풍성이'이니 이 기회에 분명치 않은 이

고기의 명칭에 대해 잠깐 말하고자 한다. 이 고기의 이름은 국어사전에는 올라 있지도 않고, 어류도감을 보면 '균평선이'라는, 발음하기도 까다로운 이름이 붙어 있으며 감성돔과에 속하는 물고기라고 간단히 설명되어 있다. 이는 어류도감의 설명대로 생김새가 '감성이'와 흡사하다고 해서 그 이름의 꼬리 부분을 따서 '군풍성이'라고 부르게 된 것이 아닌가 한다. 그러면 이 지방에서 말하는 '군풍셍이'는 무엇인가. 이를 문법적으로 설명하면, 뒤에 있는 'ㅣ모음'의 영향을 받아 앞의 음이 변하는 음운현상으로 이를 'ㅣ모음역행동화(ㅣ母音逆行同化)'라고 하는데, 이런 음운현상이 생기는 낱말은 거의가 방언(方言) 즉 사투리로서 전라도, 경상도 지방의 노년층에 주로 나타나는 음운현상이다. 예를 하나 든다면 '콩이 딴딴하다'를 '쾽이 딴딴하다'로 발음하는 현상이다. 이런 음운현상에 의해 '군풍성이'가 '군풍셍이'로 발음되어 여수지방의 사투리로 정착한 것이 아닌가 한다.

　명칭이야 어떻든 이 녀석의 맛이 하도 좋아서 샛서방만 구워 준다고 할 정도로 누구나 입맛을 다시는 고기다. 몇 년 전까지만 해도 집사람이 단골로 다니는 할머니한테만 가면 크고 싱싱한 놈을 골라 살 수가 있었는데, 요즘은 그 생선 자체를 구경하기가 어렵다고 한다. 그전보다는 덜 잡혀 양이 줄어들었는데도 입맛은 변하지 않아 값이 올라도 찾는 사람은 여전하기 때문이라고 한다.

하루는 뜸했던 '군풍성이' 생각이 나서 나는 시장 옆 길가의 차 속에 앉아 있고, 집사람이 단골 할머니 가게에 들렀더니 잔챙이 몇 마리만 남아 있어서 다른 곳을 찾아 돌다가 마침 어떤 할머니 바구니에서 싱싱하고 모양 좋은 놈을 만났다고 한다.

"할머니, 이것 다섯 마리만 주세요. 우리 집 영감이 하도 좋아해서…."

귀한 생선이어서 값이 비싸기는 하지만, 그 맛은 포기할 수가 없었다. 할머니는 그 중 싱싱하고 살이 통통한 놈만 골라 까만 비닐봉지에 싸서 건네면서 하는 말인즉,

"영감이 아직 살았소?"

생판 모르는 할머니인데도 서슴없는 인사말이었다고 한다. 아닌 게 아니라 이 고장에는 아파트 주변이나 시장에서도 할아버지보다는 허리 굽은 할머니가 더 많이 눈에 띄니 하는 말이었을 것이다. 간간한 해풍에 맑은 공기의 혜택을 하느님이 여자들에게만 베풀었나 싶기도 하다. 그 할머니가 불쑥 던진 말의 뉘앙스로 보아 내가 여태 살아남아 있다는 사실은 도대체 염치없는 일임에 틀림없다. 이는 집사람의 해묵은 주름살로 미루어 짐작한 그 할머니의 솔직한 물음이었을 것이다.

하지만, 여수의 바다와 하늘은 오늘도 변함없이 맑고 푸르니 창창한 내 인생은 만수무강할 것이다.

에덴동산에서

　요즘은 목욕탕마다 이발관이 있으니 구태여 시내 이발관으로 찾아가는 사람은 드물 것이다. 그래서 나도 한 장소에서 두 가지 일을 보기 위해 가까운 집 근처 목욕탕으로 간다. 그런데 아무리 목욕탕에 있는 이발관이라고 하지만, 얼굴을 서로 맞대고 있는 그 좁은 공간에서 모두들 발가벗고 앉아서 이발 차례를 기다리고 있으니 얼굴이 간지럽다. 목욕탕 안에서 보는 알몸과 이발소 안에서 보는 알몸은 그 모양과 분위기가 사뭇 다르기 때문이다. 노소를 막론하고 모두들 에덴동산에나 소풍 온 줄 알고 있는가. 아무 거리낌 없이 발가벗은 채 내 코앞을 활보하고 있다. 그래서 나는 그런, 불쾌한 풍경을 보기가 언짢아서 이발을 마친 다음 탈의실에서 옷을 벗고 목욕탕으로 들어가는 순서에 따르고 있는데, 이런 절차는 계속 나 혼자만의 예절과 질서일 뿐이다.

　"아저씨는 이런 모습을 어떻게 보세요?"

　바쁘게 가위질을 하고 있는 이발사에게 나는 이렇게 물었다.

"나도 처음에는 대하기가 좀 민망스러웠지만, 이젠 눈에 익어서 아무렇지도 않은데요."

"혹시 본인의 아버지나 나이 먹은 동생이 여기 이런 모습으로 앞에 앉아 있다면요?"

"글쎄요. 그렇기는 하지만, 모두들 목욕탕으로 들어갈 것을 전제로 한, 당연한 몸차림으로 알고 있으니까요."

이런 몰염치와 무질서 속에서 인간의 문화는 변하고 발전하는 것이겠지만 그런 가운데 바로 우리 코앞에서 얼쩡거리고 있는 일쯤은 바로 볼 줄 아는, 인간으로서의 눈은 있어야 하지 않을까 싶었다. 같은 건물 안의 목욕탕과 이발관과의 거리는 불과 몇 미터밖에는 안 되지만 그 놀이마당의 내용은 사뭇 다르기에 하는 말이다.

남녀가 몸을 가리게 된 것은 이성을 가진 인간으로서의 부끄러움을 알게 된 데서부터 시작되었을 것이다. 지금 세상 돌아가는 꼴이 비단 이곳만의 이야기에서 끝날 일인가. '적나라(赤裸裸)'라는 말은 아무것도 입지 않은 발가벗은 상태를 말한다. 그런데 장소를 가릴 줄 모르는 몰염치한 알몸은 우리가 흔히 말하는 가식 없는 '진실성'과는 거리가 먼 것으로 안다.

사람 사는 일이 이렇게 쉽고도 어렵다. 단 한 걸음의 차이에서 사람과 하등동물의 자리가 뒤바뀌어 얼굴을 못 드는 경우를 우리는 흔히 보고 있지 않는가.

이 야릇한 소리

　인체의 외부나 내부를 막론하고 그 치밀한 짜임새를 보면 각각의 소임이 빈틈없고 또한 유기적이어서 창조주의 솜씨에 감탄한다. 입은 입대로 코는 코대로 제각기 제 자리를 잡고 앉아 할 일이 따로 있고, 위장은 쏟아져 들어오는 갖가지 음식물의 소화를 제대로 못 시켜서 가끔 부글거리며 불평을 하기도 하지만, 묵묵히 맡은 바 소임을 다하고 있다.

　그런 중에 창조주는 우리 인체 가운데서 딱 한 군데 장난스럽게 만들어 놓은 부분이 있으니 다름 아닌 항문이다. 항문이란 말만 들어도 냄새를 연상하며 고개를 돌리는 사람도 있지만, 창조주의 장난기는 냄새에 있기보다 항문에서 삐어져 나오는, 교묘한 소리에 있다. 남녀의 성별에 따라서 혹은 그 당시의 뱃속 상황에 따라서 다르기는 하지만 가령, 화창한 봄날의 풀피리 소리라거나 또는 고막을 흔드는 박격포 소리로 사람을 웃기기도 하고 놀라게도 하니 삭막한 우리 인생을 즐겁고 살맛나게 만들어 주어 고맙기도 하다.

오래 전에 서울에서 살 때 언젠가 내 생일 잔치를 한다고 사촌들 가족까지 다 불러서 한 20명 정도가 모인 자리이고 보니 방이 그득했다. 겨울철이어서 방바닥이 뜨끈하게 불을 지펴 놨더니 모두들 아랫동네가 부풀면서 그 좁은 틈으로 가스가 새어나오기 시작한 모양이었다. 모처럼의 환담이 즐거운 판에 어디선가 예쁘고 가느다란 아코디언 소리가 들려왔다. 그 소리로 봐서는 여자 쪽에서 새어나오는 소리임에 틀림없었지만, 그 자리에 여자라고는 나이가 지긋한 어머니와 숙모님들밖에 없었으니 이 일을 어떻게 결론지어야 할지 난감했다. 아무리 둘러봐도 표정이 달라진 사람은 보이지 않았다. 그런 긴장된 상황 속에서 평소에 불평이 많은 동생 녀석이 불쑥 한마디 했다.

"하느님이 방귀를 왜 소리가 나게 만들어 놨을까요?"

나는 얼른 받아 이렇게 답했다.

"만약 '무성방귀'로 소리가 안 나게 만들어 놨다면, 누구나 마음 놓고 앉아서 그 진한 독가스를 폴폴 피워 올렸을 것이니 우리 코가 어떻게 됐겠냐?"

"그야 두말할 것도 없지만, 그렇다면 그 소리의 주인공을 찾아내서 뭘 어떻게 하겠다는 건데요?"

내 말을 동생이 되받아 꼬치꼬치 씹고 있기에 나는 그의 입을 사정없이 틀어막아 박살을 내버렸다.

"잡아서 밖으로 쫓아내버려야 우리 코가 성할 것 아니냐. 너는 수년 묵은 축농증이라서 냄새를 못 맡으니까 그렇지만."

이런 사소한 문제에까지 자상하게 신경을 써서 우리의 건강
을 보살펴 주신 창조주가 고맙고, 또한 그 점잖은 어르신의
장난기가 참 재미있었다.
그래서 창조주가 혹시 문학을 공부했더라면, 유머와 위트
가 있는 수필가가 되지 않았을까 하는 생각을 했다.

축 납골묘지 개장

지난해에 본 거리 풍경인데, 버스터미널 앞 육교에 걸려 있는 현수막에 이렇게 씌어 있었다.

'축 납골묘지 개장'

나는 이 광고 문구를 어떻게 해석을 해야 할지 몰라 한참 멍하게 서 있었다. 요즘 살아가다 보면 우리 주변에는 축하할 일도 많다. 옛날에는 주로 봄철의 행사였지만, 요즘에는 사계절의 행사로 변해버린 결혼을 비롯하여 회갑이며 고희 그리고 어린애 백일잔치 등속의 초청장들이 날아와 삭막한 우리의 일상을 즐겁게 만들어 주고 있다. 그런데 그 가운데서 진심으로 축하해 줄 만한 행사는 한두 건에서 그치고, 나머지는 모두 신경쇠약 촉진제로 우리의 정신 건강을 위협하고 있다. 왜냐면 당사자의 이름도 낯선 초청장들이 앞 다투어 집으로 찾아들기 때문이다. 그러나 그 행사의 주인공들로 봐서는 축하를 받을 만한 일생의 경사임에 틀림없다. 그래서 하얀 봉투에는 우리의 속마음과는 다른 '축(祝)' 자가 여지없는 장식으로 나붙는다. 봄은 진정 축하의 계절이다.

그런데 이런 경우에는 어떻게 해야 할지 몰라 번번이 당황하여 망설이게 된다. 이런저런 직장에서 물러나는 정년퇴직일 경우, 봉투에 무엇이라고 쓰느냐는 친지들의 질문을 받았을 때이다. 요즘은 정년의 나이가 앞당겨져 한창 일할 나이에 직장을 물러나야 하고 보면 처자를 거느리고 살아가야 할 앞날이 막막하기만 하다. 그런 말 못할 아픈 심정으로 식장 단상에 서 있는 주인공에게 무슨 축하할 말이 있겠는가. 그러나 부득이한 본인의 사정으로 도중에 물러나는 명예퇴직이거나 혹은 타인에 의해 밀려나는 불명예퇴직이 아닌, 떳떳한 정년퇴직이고 보면 축하해 주고도 남을 일이다. 그런 유권적인 해석으로 나는 서슴없이 '축 정년퇴직'으로 쓰라는 결정을 내려 주지만 뒷맛은 개운치 않았다.

옛날 나의 중학 시절에는 경조사(慶弔事)에 대한 전보문(電報文)을 선생님이나 선배의 도움 없이 우리 스스로가 만들어서 보내기도 했다. 문구는 간단했다. 경사일 경우에는 '축 결혼'이었고, 그것이 아닐 경우에는 '근조(謹弔)' 아니면 '삼가 조의를 표합니다'였다. 그런데 십여 년 전만 해도 그 당시의 고등학생이나 대학생들도 그런 전보를 보낸 경험이 없어서인지 수업시간에 한 학생이 친구의 아버지가 돌아가셨을 때의 전보문 쓰는 요령을 물었다. 나는 학생들에게 되물었다. 그랬더니 어떤 학생의 서슴없는 답변인즉 '축 사망(祝死亡)'이었다. 옳은 말이다. 이 팍팍한 세상살이를 미련 없이 떨쳐버리고 떠났으니 얼마나 마음이 후련했겠느냐는 뜻으로 해석한다면 말이다. 물론 웃고 만, 한 학생의 재치 있는 조크이긴 했지만, 더구나 지금은 일상의 모든 일을 인터넷으로 처리해버리는 거두절미(去頭截尾)의 각박한 세상이 되고 말았으니 여기에 무슨 할 말이 더 있겠는가. 우리는 일상의 문학작품 독서를 통해 순화된 정감으로 부모님이나 친구에게 한 줄의 따뜻한 편지라도 쓸 수 있는 세상이 다시 돌아왔으면 좋겠다.

이제 이 글의 결론을 내려야 할 때가 된 것 같다.

소슬한 가을바람에 만장(輓章)처럼 펄럭이고 있는 현수막 속의 이 한 구절 '축 납골묘지 개장'의 풀이를 어떻게 해야 할지 머리가 멍하다. 앞서 떠난 사람들의 죽음을 슬퍼해 주어야 할지, 아니면 축하해 주어야 할지 심경이 착잡해서 나는 한참 동안 육교 난간의 현수막을 쳐다보고 있었다.

지금 나갑니다

중국은 예로부터 과장이 심한 나라로 알려져 있다. 누구나 알고 있는 가장 비근한 예를 든다면 단연코 이백(李白)의 시 '추포가(秋浦歌)'가 맨 앞장을 선다. 그 첫 구절에 '白髮三千丈'이란 표현이 보인다. '흰 머리털이 삼천 발이나 길다'고 했으니 그 과장된 표현이 어디 말이나 되는 소리인가.

과장은 다시 말해 허풍이라는 뜻이다. 이는 대륙성의 호방한 기질 탓이려니 하고 너그럽게 봐 줄 수도 있지만, 그렇지 않은 유순하고 온화한 자연환경 속에서 살아온 우리나라 사람들도 중국 사람들 못지않게 과장이 심한 것은 무슨 까닭인가. 이는 역시 중국에 인접해 살아온 그들 문화의 영향 때문이 아닌가 싶다. 그래서 흔히 듣는 우리나라의 예를 한두 개만 든다면 '말만한 처녀가 왜 이렇게 부끄럼도 없이…'라든가 '그 음식은 죽어도 못 먹겠다' 등이다.

지금 내가 이야기하려는 것은 과장이나 허풍과는 성격이 조금 다르기는 하지만, 그에 가까운 중국인의 '배짱'이라는 점에서는 공통점이 있을 것 같아 여기 잠깐 소개한다.

예나 지금이나 우리는 중국집 하면 으레 짜장면을 연상한다. 짜장면은 아이들이 가장 선호하는 음식으로 생일 때나 초등학교 운동회, 또는 졸업식 하는 날에 아이들에게는 두말할 필요도 없이 가장 첫 손가락에 꼽히는 일등요리다. 값이 싸고 맛이 있어서 평소에도 중국집은 노소를 막론하고 붐비지만, 이런 특별한 날에는 더 말할 나위도 없다.

서울 혜화동 로터리에 있는 중국집도 무척 붐비는 집이다. 옛날 그 근처에 직장이 있어서 점심때는 동료들과 자주 들른 곳이다. 그런데 갈 때마다 손님이 많아서 한참을 기다려야 했다. 시간이 급해 소리치면 지금 나간다고 말했는데도 한참을 더 기다리기도 했다. 이는 이들의 태생적 배짱이고 허풍이다. 하도 헛소리를 잘 하기에 하루는 어떤 답이 나오나 하고 한번 놀려 주려고 동료 몇 사람과 함께 그 집에 들어가 앉아서 주문하지도 않고 빨리 달라고 소리를 내질렀더니

"다 됐습니다. 지금 나갑니다." 했다.

그 순간 우리가 폭소를 터뜨리고 있는 것을 본 주인아저씨가 우리의 짓궂은 장난인 것을 눈치 챘는지 가까이 오더니 오늘 짜장면은 그냥 서비스할 테니 맛있게 먹고 가라고 했다. 자주 들러 잘 아는 사이여서 그런지는 모르지만, 놀렸다고 화를 내는 것이 아니라 오히려 웃는 얼굴로 공짜를 한 아름 선사했다. 허풍과 배짱 속의 그 도량과 상술이 험난한 세상을 버티고 살아온 중국인의 저력이었던가.

이런 주례(主禮)

요즘은 젊은이들은 공자(孔子)를 싫어한다. 일상의 언어생활에서도 논리성보다는 자유분방한 잡설(雜說)을, 그리고 긴 시간의 인내를 요하는 어떤 격식과 근엄함보다 가슴팍이 홀랑 드러나 보이는 캐주얼웨어를 더 즐긴다. 다시 말해 퀴퀴한 기성세대의 답습에서 벗어난 신감각주의 세대라고 할까. 그래서 예식장의 주례 앞에 선 신랑 신부는 교훈 일변도의 지루한 주례사에 질려 천장을 올려다보기도 하고 발끝을 까닥거리기도 하며 식이 끝난 뒤에 서로의 입맞춤도 서슴지 않는다.

박 씨는 이 고장에서는 제법 이름과 얼굴이 알려진 유지에 속하는 인물이다. 풍채도 그럴듯하거니와 말주변도 대단해서 '주례'의 인품으로서는 거의 완성품에 가깝지만 성격이 급한 것이 옥에 티이다. 그런데 그 '티'가 그때의 예식장을 폭소의 도가니로 만들어 우리를 즐겁게 해 주었다.

'선녀와 나무꾼' 같은 한 쌍의 신혼부부가 주례 앞의 단상에 나란히 서자 신랑 친구인 사회자의 유창한 소개 방송이 시작되었다. 선녀같이 예쁘고 늘씬한 신부보다 나무꾼 같은 친구인 신랑 쪽이 보기에 마음이 걸렸던지 3분, 5분이 지나도록 장황한 신랑 소개가 계속되고 있었다. 장내에 앉아 있는 하객들은 무관심 속에 듣고만 있는데, 주례의 양미간이 약간 찡그려진다 싶더니 순식간에 단상의 마이크가 폭발해 버렸다.

"네 혼자 다 해라! 나는 갈란다."

근엄하고 지루한 주례사를 걱정하고 있던 신랑 신부는 의외의 파격(破格)에 놀라 함께 즐거워하고 있었다. 모처럼의 신나는 날을 만나 해맑은 갈비탕 점심도 맛있게 먹고 돌아왔다.

이 주인공이 또 한 번 주례하는 날이었다. 어느 예식장에서나 주례사를 경청하는 사람은 거의 없다. 그날도 다름없이 지루한 주례사가 진행 중이었는데, 시끌벅적 소란스러웠다. 참다못한 주례의 성깔이 또 솟구쳤다.

"거기 아줌마들 좀 조용히 하시오!"

장내는 또 한 번 폭소가 터졌다. 이제 보니 젊은 세대뿐만이 아니라 나이가 많은 아주머니 세대도 근엄하고 장황한 공자를 싫어하나 싶었다.

아무튼 이 성깔 있는 파격주의 박 씨의 주례는 인기가 좋아 매일 바쁘다.

정호경 연보

1931년 12월 27일 경남 하동군 진교면 진교리에서 아버지 정두식
(鄭杜湜) 어머니 이덕이(李德伊)의 5남 1녀 중 차남으로
태어났다. 어려서부터 동네에서 팽이치기와 외발스케이트
타기의 선수로 활동해 오다가 일곱 살 때 초등학교 1학년
에 입학하자 담임선생이 점심시간에 학급기념사진을 찍는
다기에 얼른 집에 가서 새 옷을 갈아입고 갔더니 사진촬영
은 이미 끝나버려서 속이 상해 학교를 며칠이고 안 나가고
있다가 결국 그 다음 해에 다시 들어가 동네친구들의 1년
후배가 돼버렸다.

1945년 3월 진주농림고등학교에 입학하여 1학기 내내 공부는 안
하고 콩깨묵밥 도시락을 싸들고 진주 도동 비행장 닦는
곳에 근로동원 다니다 8월15일 해방을 맞았다. 그해 12월
전남 순천으로 이사를 해 순천중학 1학년에 편입시험을
거쳐 전학했다.

1948년 중학 4학년 때 여순사건을 만나 학생들도 좌우익으로 나뉘어
다투던 판에 좌익 학생의 총에 맞아 내 옆자리 친구인 여수
신풍 손양원 목사의 둘째아들 손동신이 죽어 정신적 충격이

컸다.

1950년 중학 6학년 때 6·25동란으로 고향인 하동으로 피난 가
있다가 10월 학교에 가보니 학도병으로 자원해 나간 친구
들의 자리가 많이 비어 있어서 두 번째 마음이 아팠다.

1951년 순천중학 6년을 졸업하고 서울대학교 사범대학 국어과에
입학하여 부산 피난대학이며 수복 후에 서울에서 학업을
계속할 때도 여전히 생활난으로 학비조달이 어려워 대학
3학년 때 여수고등학교에서 국어 강사로 1년 반 동안 학비
를 벌기도 했다. 이런 상황 속에서 서울과 여수를 야간열
차로 오르내리며 동족상잔의 비극을 다룬 많은 시와 소설
을 읽었다.

1956년 25세 되던 해 봄 2월 5일 입춘 날, 여수 신부 집 마당에서
음식을 차려 놓고 이숙자(李淑子)와 내가 자청한 구식 결
혼식을 올렸다.

1956년 서울대학교 사범대학을 졸업한 다음 해인 1957년 첫딸 아
영(芽影)이 출생했다.

1957년 졸업 후 첫 발령학교가 진주농림고등학교인데, 거기서 2
년 동안을 재직하였다.

1958년 둘째딸 은아(恩芽) 출생했다.

1959년 진주여자고등학교로 전근이 되어 근무하는 6년 동안은 내
인생의 '꽃시절'이라고 할 정도로 즐겁고 화려했지만, 나
의 꿈은 서울행이었다.

1960년 아들 재헌(載憲) 출생했다.

1963년 둘째아들 재홍(載洪) 출생했다.

1965년 서울 혜화동에 있는 가톨릭재단인 東星高等學校로 옮겨
　　　3학년 담임을 맡아 계속 대학 진학지도에 4년 동안 전념
　　　하던 중 1969년 대학입시학원인 大成學院이 창설되면서
　　　그곳으로 옮아가 국어과 주임이라는 중책까지 맡아 전국
　　　에서 모여 들어 재수하려는 우수학생들을 상대로 밤낮을
　　　가리지 않고 줄곧 20년 동안을 강의하면서 전국 대학수험
　　　생을 상대로 한 국어참고서와 문제집 등을 만드는 일에
　　　여념이 없었으니 나의 창작활동은 전혀 뒷전이었다.

1972년 그 무렵에 '관동출판사'를 차려 국어참고서를 만들고 있던
　　　친구 김승우, 김효자 부부를 만나 힘께 국어참고서를 만들
　　　고 있던 중 우리나라에서는 처음으로 순수 수필지인 〈수
　　　필문학〉을 창간해 함께 창작활동을 하자는 권유로 써 낸
　　　〈무성영화〉가 그때의 첫 작품이었다. 그 이듬해인 1973
　　　년 〈육교 부근〉으로 등단하여 그로부터 수필 쓰기를 계
　　　속하여 오늘에 이르렀다. 대성학원에서 강의를 한 지도 20
　　　년이 되고 보니 내 젊음을 쏟아 부은 직장이긴 하지만, 지
　　　겨운 일이었다. 그래서 생활의 변화를 위해 1990년 제일
　　　학원 이사장의 초청으로 그곳 대표강사로 6년을 재직하는
　　　동안 1994년 첫 수필집인 《까마귀야 까마귀야》를 출간
　　　할 때 평론가 김우종님이 서평을 써 주어 고마웠다. 시골
　　　개구쟁이들은 어느 동네나 마찬가지겠지만, 내가 어렸을
　　　적에는 마을 공동묘지가 있는 소나무에 올라 까마귀 새끼

를 잡아가지고 내려 와서 놀리고 있으면, 어미 까마귀가 화살처럼 우리의 머리 위로 내리꽂히는 어미사랑이 무섭고도 재미있었던 일이 잊히지 않아 이를 첫 수필집 표제로 붙였던 것인데, 집사람은 등단작품인 〈육교 부근〉으로 하지 않았던 것을 두고두고 아쉬워하고 있다.

나의 마지막 직장인 제일학원에서 6년 동안을 머물러 있다가 65세로 평생의 교직에서 물러났다. 그 뒤 2년을 집에서 쉬고 있다가 서울에서의 내 할 일은 다 끝났다는 생각이 들어 1998년 이삿짐을 싸 들고 여수로 내려 왔다.
2002년 여수에 온 지 4년 만에 여수와 그 주변의 하동 섬진강과 쌍계사 그리고 순천 송광사, 선암사와 벌교 보성 등지의 아름다운 풍경을 찾아 담은 두 번째 수필집인 ≪폐선≫을 출간했다. 그리고 보니 첫 수필집인 ≪까마귀야 까마귀야≫만 서울에서 출간했고, 〈폐선〉을 비롯한 나머지 수필집은 모두 여수에서의 소산이니 여수는 내 문학의 고향이기도 하다.

약력

1978년　한국수필가협회 회원

1978년　한국문인협회, 수필문우회 회원

1987년　한국수필문학진흥회 이사

1990년　한국수필가협회 이사

2000년　여수수필문학회 회장

2002년　‘수필과비평’ 편집고문

2005년　‘에세이스트’ 편집고문

저서

1994년　첫 수필집 《까마귀야 까마귀야》(고려출판사)

2000년　《오늘같이 즐거운 날》(선집-교음사)

2002년　《폐선》(다빈치)(우수문학도서로 선정)

2004년　《현대의 섬》(운디네) (우수문학도서로 선정)

2006년　《좋은 글쓰기의 힘》(운디네)

2007년　《낭패기》(현대수필100인선-좋은수필사)

2009년　《춤추는 수필》(해학수필선집-운디네)

2010년　《오늘도 걷는다마는》(다룸과이룸)(우수문학도서로
　　　　　선정)

수상

1995년　현대수필문학상

2003년　한려문학상

2003년　한길문학상

2004년　신곡문학상 대상

2006년　제1회 김우종문학상

2008년　제1회 정경문학상

2012년　올해의 수필인상